दोराहा
तथा
अन्य कहानियाँ

दोराहा तथा अन्य कहानियाँ

ममता मेहरोत्रा

ग्रंथ अकादमी, नई दिल्ली

प्रकाशक : ग्रंथ अकादमी,
भवन संख्या–19, पहली मंजिल, 2, अंसारी रोड, दरियागंज, नई दिल्ली–110002
 / संस्करण : 2025 / मूल्य : तीन सौ रुपए
मुद्रक : आर–टेक ऑफसेट प्रिंटर्स, दिल्ली ISBN 978-93-86870-71-1

DORAHA TATHA ANYA KAHANIYAN
Stories by Smt. Mamta Mehrotra ₹ 300.00
Published by **GRANTH AKADEMI**
Building No. 19, First Floor, 2, Ansari Road, Daryaganj, New Delhi-110002

प्रिय बृजेश को

भूमिका

लगता है जैसे लिखते-लिखते ताउम्र बीत गई हो, पर नित नए अनुभवों से मन अभी भी अछूता नहीं है। आसपास कुछ भी प्रिय-अप्रिय घटित होता है तो एक स्पंदन मन के किसी कोने को विचलित-सा कर देता है।

जीवन का कारवाँ है, ऐसे ही चलता रहेगा, पर उसे महसूस कर अनभिज्ञ बने रह जाना, कहाँ से मानवीय कृत है। विडंबना तो यही है कि हम सब इनसान हैं और सामाजिकता से सरोकार रखते हैं, पर फिर भी आस-पास के माहौल से अपने को दूर रखते हैं, 'हमारा क्या' के सिद्धांत को अपनाते हैं।

कहानियाँ भी शायद हम इनसानी जीवन की तरह हैं। बहुत-कुछ बोल देना चाहती हैं। बस हमें उन्हें सुनने, गढ़ने और महसूस करने की क्षमता होनी चाहिए। पता नहीं क्यों, हर बार मैं अपनी कुछ एक कहानियाँ पढ़ती हूँ तो ऐसा प्रतीत होता है कि मेरे पात्र सजीव होकर मुझसे वार्त्तालाप करना चाहते हैं। कुछ पात्र आनंदित करते हैं, तो कुछ अंदर तक बहुत गहरे झकझोर देते हैं। अपनी ही कहानियाँ कितनी बार बहुत-कुछ सीख देकर चली जाती हैं और हम विस्मित-से खड़े रह जाते हैं।

ऐसे में नीरजजी की यह शायरी, जो मुझे बहुत ही प्रिय है, जीवन को अपने चंद लमहों में समेट देती है।

स्वप्न झड़े फूल से···को चुभै शूल से।
मिट गए श्रृंगार सभी बाग के बबूल से
और हम खड़े-खड़े बहार देखते रहे।
कारवाँ गुजर गया गुबार देखते रहे।

कभी–कभी ऐसा प्रतीत होता है, मानो कितने स्वप्न ऐसे ही टूट जाते हैं। उन टूटते हुए स्वप्नों की पुकार, मानो सजीव होकर अनेक कहानियों का केंद्रबिंदु बन जाती हैं। नीर नैन में भटका कहानियों का सृजन करना, एक बेहद संवेदनशील प्रक्रिया है, जिससे हर बार गुजरना अंत:स्थल को परम सृजनकर्ता से जोड़ देता है।

आशा है, पाठकगण भी जब इस सृजनशीलता की आंतरिक प्रक्रिया की गहराइयों से जुड़ेंगे तो उन्हें एहसास होगा कि मानव जीवन में कितने लोग, कितना अधिक संघर्ष कर रहे हैं और उससे भी अधिक टूटते स्वप्नों की हकीकत को बहक उठे नयनों से अपने को सँभालकर जीने का प्रयास कर रहे हैं।

अगर मेरी इस सृजनशीलता की प्रक्रिया में कहीं कोई त्रुटि रह गई हो, तो उसे अगली कड़ी में और सँवारने का प्रयास करेंगे!

आपकी सुधी!

अनुक्रम

तीज

वह शायद यह कहानी बचपन में सुनकर बड़ी हुई थी। शादी के पहले माँ और दादी यह कहानी एक-दूसरे को कहतीं और वह घुटने के बल गुटुर-गुटुर बैठकर कहानी सुना करती। शिव-पार्वती बनते और गणेशजी के साथ उनकी पूजा होती। उसकी माँ उस घर की इकलौती बहू थी और वह इकलौती पोती। उससे छोटा एक भाई था। अत: वह भी काफी लाड़-प्यार से पली-बढ़ी थी। उसकी दादी सुहागिन गई। जरूर इस व्रत का प्रताप होगा। अंत समय में उनको बिछिया, चूड़ी पहनाकर और बाबा ने माँग में सिंदूर भरकर लालिमा से विदा किया था। सब कितना रश्क कर रहे थे अम्माँ के भाग्य से। उनकी अर्थी के ऊपर से पैसे न्योछावर कर सबको बाँटे गए थे, प्रसाद स्वरूप।

पंडितजी शिव-पार्वती की स्थापना कर, उनका महिमामंडन कर रहे थे, 'और जो स्त्री ऐसा नहीं करती, वह सात जनमों तक वैधव्य का भोग करती है। उनके जितने पुत्र होते हैं, सब-के-सब अकाल मृत्यु को प्राप्त होते हैं।' और पंडितजी आगे कहे जा रहे थे और उसका दिमाग घूमने लगा और वह गिरकर बेहोश हो गई।

उसकी दादी की तीन ननद थीं। सबसे बड़ी ननद के पति का देहावसान तभी हो गया था, जब उनकी एकमात्र पुत्री ग्यारह साल की थी। बहुत पुरानी बात है। वह तो किस्से-कहानियों की तरह से दादी के मुँह से उनके विषय में सुनती थी। दादी का नाम शांति था और ननद का श्यामला। श्यामला की बेटी थी कमला। अब जैसा कि पहले जमाने में होता आया था, एक विधवा

और उसकी छोटी-सी पुत्री को कौन ससुरालवाले रखने की जहमत करते! करते भी क्यों, जब उनका बेटा ही न रहा तो बहू और पोती से क्या वास्ता? लिहाजा साजो-सामान सहित बहू मायके भेज दी गई। आज से पचास साल पहले विधवाओं की जिंदगी काफी कष्टदायक थी। हम दोनों भाई-बहन छुपकर देखते कि हर महीने नाई आता और उनके बाल उतारकर चला जाता। पहले-पहल तो गौरवपूर्ण मुखमंडल का केशविहीन होना दहला देता, पर शायद वह पतिव्रता साध्वी की तरह से इस नियम का अनवरत पालन करती रहीं। किसी में भी न यह पूछने का साहस हुआ, न इस दिशा में उनको रोकने का। एक बार उसने डरते-डरते पूछा भी था तो दादी अपने पोपले मुँह से बोलीं, "बेटा, जब कमला के बापू नहीं रहे तो फिर यह केश रहें न रहें...मेरी तो जिंदगी ही उनके साथ खत्म हो गई।" और वह काँप गई थी। अपने बालों पर हाथ फेरते हुए वह भाग खड़ी हुई। काफी दिनों तक रात में उसे जलती हुई चिता दिखलाई देती। वह घबराकर आँख बंद कर लेती और दादी से कसकर चिपक जाती। मृत्यु का भय और उससे भी सर्वोपरि अपनों को खोने का भय उसको हिला देता।

गुड्डे-गुड़ियों का खेल खेलकर और स्कर्ट, फ्रॉक पहनने की उम्र पार कर अब वह बड़ी हो गई थी। रूप और सौंदर्य ने उसके मुख को पूरा निखार दिया था। एक पार्टी में देख उसको उसके ससुरालवालों ने पसंद कर लिया। लड़का पुलिस में अच्छे ओहदे पर था। लिहाजा आपत्ति का कोई सवाल न था, पर आपत्ति आकर टिक गई जन्मपत्री पर। दोनों के मात्र साढ़े तेरह गुण मिले थे।

अरे, ये सब बेकार के वहम हैं। जिनकी नहीं मिलती या जो प्रेम-विवाह कर लेते हैं, क्या वह खुश नहीं रहते हैं या सब-के-सब मर जाते हैं? उसका विवाह शांतनु से हो गया।

कल तीज है। छोटी देवरानी की पहली तीज है। शादी के दस दिन बाद ही पड़ रही है। पूरे घर में खुशी है, पर सिर्फ वह उदास है। उदास माँ भी है—शांतनु की माँ, उसकी माँ। पर कभी-कभी अपने दिल के अंदर दुःखों

को काफी गहरे, कहीं दफन कर देना पड़ता है। दूसरों के लिए भी मुसकराना पड़ता है, उनकी खुशी में न चाहते हुए भी शरीक होना पड़ता है। अभी घर पूरा शादी के माहौल में रँगा था। काफी रिश्तेदार जा चुके थे और थोड़े-बहुत आत्मीय या नजदीकी कहना ज्यादा उचित होगा, रह गए थे। देवर विदेश में नौकरी करता था। यहाँ से इजीनियरिंग करके अमरीका में नौकरी कर रहा था। उसके जाने के बाद इतने बड़े कोठीनुमा घर में फिर सन्नाटा पसर जाएगा। मौत का सन्नाटा, जिसको अभी इस शादी के बाहरी आडंबर ने बखूबी छिपा लिया था। जिंदगी भी कितना मसखरापन करती है, मौत के खेल में गम को ये अपने अंदर समेट लेती है। मौत वह एक खूबसूरत औरत है, जो दूर तक दौड़कर मनुष्य को मरुस्थल में ले जाती है और वहाँ अपनी कुरूपता का एहसास कराकर वापस ला पटक देती है और मूर्ख मनुष्य पर अट्टहास करती है—धत् मूर्ख···तू यह भी न कभी समझ पाया कि मेरी खूबसूरती छलावा थी। और वह उसे निगल जाने के लिए विद्रूपता अपना लेती है और यह मनुष्य उसमें समा जाता है। एक अदृश्य खेल और उससे भी अधिक अनोखी लीला में विलीन हो जाता है।

देवरानी कल पहली बार सुहाग का व्रत रखेगी। पर उसकी तैयारी जोर-शोर से आज से ही हो रही थी। बड़े घर की बहू थी कि कोई छोटी-मोटी बात थी क्या? उसके माता-पिता भी सासाराम से आ गए थे। बेटी के लिए नई साड़ी-कपड़े एवं ढेरों सामान था। माँ ने भी उसको नया जोड़ा बक्से में से निकालकर दिया था। उसके ससुर सेठ हीरादास बक्सर के कांग्रेसी कार्यकर्ता थे। कुछ साल पहले तक सक्रिय राजनीति में उनकी भागीदारी थी। दो बार विधानसभा की कुरसी तक जा चुके थे। लिहाजा, इलाके में काफी दबदबा था। शाम को पुरानी नाइन आकर आलता-महावर लगा गई थी।

"मम्मी, पैरों को लाल रँगनेवाली बाई आई है। सबके पैर रँगे जा रहे हैं। चलो न, यहाँ क्यों बैठी हो?"

एकदम से उसका दुःख परम क्रोध में बदल गया। बेटी को उसने तड़ाक से एक थप्पड़ मारा और चीखी··· "जाओ, जाकर तुम भी पैर रँगवाओ···घर

में सब-के-सब मस्ती कर रहे हैं। किसी को मेरी परवाह नहीं है। जब उनमें से किसी का कुछ जाएगा, तब पता चलेगा कि खोना किसको कहते हैं!" और जोर से उठाकर पास में रखा पाउडर का डिब्बा ड्रेसिंग टेबल के शीशे पर मारा। वह टूटकर चकनाचूर हो गया। बिल्कुल उसकी अपनी जिंदगी की तरह सब तरफ शीशा चूर-चूर होकर बिखर गया था।

बेटी अप्रत्याशित रूप से घटित इस घटना को अपलक देखती रही थी। अपनी माँ का यह रूप उसके लिए बिल्कुल नया था।

इसके बाद माँ बदहवास उसके पापा का नाम लेकर रोने लगी।

"शांतनु···शांतनु···"

उनकी चीख सुन, नीचे से सब लोग भागकर ऊपर आ गए। माँ ने नई बहू और देवर को नीचे भेज दिया।

हाँ, वह तो मनहूस है, उसके सामने पड़ने से तो उसकी जिंदगी कहीं उसकी जैसी न हो जाए। और मन में सोए यह शब्द कब वाणी से बाहर आ गए, उसको पता नहीं चला।

"जाओ, तुम सब जाओ। मुझ मनहूस, बदनसीब को अकेला छोड़ दो।" वह पागलों की तरह व्यवहार करने लगी। उसको खुद नहीं समझ आ रहा था कि वह क्यों ऐसी हो गई है! सामने खड़ी समिया का चेहरा देख-देखकर वह अपने ऊपर नियंत्रण रखना चाह रही थी, पर ऐसा हो नहीं पा रहा था। थोड़ी देर माँ उसको सँभालती रही, पर वह असंतुलित रही। होश तब आया, जब डॉक्टर ने उसको सुई लगाई। थोड़ी देर बीतते-बीतते, वह शांत हो गई। बाहर से तो वह शांत हो गई थी, पर अंदर दुःख का सागर हिचकोले ले रहा था। रात भर दोनों बेटियों को चिपटाकर सिसक-सिसककर रोती रही।

उसने व्रत में क्या त्रुटि की थी, जो उसका शांतनु उसको छोड़कर चला गया? शांतनु और वह जिंदगी में काफी खुश थे। अच्छी पोस्ट, अच्छा परिवार और किसी को जिंदगी में क्या चाहिए होता है? शांतनु उसको चाहता भी बहुत था। एक तरह से कहा जाए, उसके रूप-सौंदर्य पर जैसे फिदा था। जाने किसकी नजर उसकी प्यारी-सी गृहस्थी को

लग गई! शांतनु की पोस्टिंग गया जिले में हुई। गया का कोंच उग्रवाद प्रभावित था। शांतनु की कार्यप्रणाली से सब ही संतुष्ट थे। कर्तव्यनिष्ठ, चुस्त-दुरुस्त पुलिस अधिकारी। होली के एक दिन पहले खबर आई कि कोंच गाँवों में कुछ आपसी तनाव व्याप्त हो गया है। उसके काफी रोकने के बाद भी वह यह कहकर निकल गया कि 'बस मैं यूँ गया और यूँ ही आया।' पर उसका मन अनहोनी की आशंका में धड़क उठा। वह गया तो यूँ ही था, पर वैसे आ न सका। उग्रवादियों द्वारा बिछाई हुई बारूदी सुरंग पर उसकी गाड़ी के जाते ही गाड़ी के साथ-साथ शांतनु के भी चीथड़े-चीथड़े उड़ गए। वह विश्वास ही न कर पाई। फिर बेहोश होने के पहले सिर्फ इतना कह पाई कि "तुम सब गलत सोच रहे हो। यह शांतनु हो ही नहीं सकते। वह तो जीवित हैं। वह बोलकर गए थे कि अभी आ रहे हैं… वह आ ही रहे होंगे।"

काफी दिन तक वह गेट पर खड़े होकर उनके आने का इंतजार करती रही थी, पर वह नहीं आए।

उसकी, यानी शुभांगी की दादी की ननद, यानी श्यामला का जीवन मायके में गुजर रहा था। कमला का विवाह भी बाप-भाई ने ही किया था। अच्छे में तो ससुरालवाले काम भी आ जाते हैं, पर हाडे-हटके मायकेवाले ही निपटाते हैं। फिर जिस औरत का पति ही न रहा हो, उसका ससुराल में कोई स्थान ही नहीं। पर मायके में भी कोई मजे से नहीं गुजर रही थी। शांति से अकसर कलह हो जाती थी। वह वैधव्य जीवन ऊपर से कुछ नहीं तो दिन भर या तो वह बड़बड़ाती रहतीं, नहीं तो हर काम में मीन-मेख निकालती रहतीं। वैसे भी सुबह चार बजे उठकर मंदिर में खिटर-पिटर चलती रहती। कभी अगर शुभांगी की नींद खुल जाती तो देखती, वह अपने लड्डू गोपाल से बातें कर रही हैं। कमरे में आवाज सुनकर उसको अभी भी डर लगता, पर जीवन में कोई सहारा तो इनसान खोजता है। जीवन जीने के लिए कोई-न-कोई अवलंब चाहिए, उन्होंने शायद ईश्वर में खोज लिया था।

पर इस जिंदगी में उनकी खोज परिवार में बराबर चलती थी। परिवार

में जिस किसी के यहाँ बच्चा होता तो गद्दी–पोथड़ा पोंछने–धोने के लिए उनको बुला लिया जाता। अब शुभांगी की बुआ के तीनों बेटों को उन्हीं ने पाल–पोसकर बड़ा किया। कहीं भी बीमारी हो तो श्यामली दादी की तलब होती। वह डेढ़ हड्डी की काया थोड़ा सा सामान अटैची में डाल भेज दी जातीं, जहाँ भी उनकी जरूरत होती। उन्होंने कभी प्रतिकार न किया। शायद करती भी किससे ? निरर्थक जीवन को छोटा ही सही, पर शायद अर्थ देने की कोशिश करती थीं। उनके ससुराल में भी जब सास बीमार पड़ी तो देवर लेने के लिए आ गया।

"भाभी चलो, माँ ने बुलाया है···बीमार हैं। आखिरी वक्त में आपका सान्निध्य चाहती हैं।" साथ क्यों चाहती थीं, यह वह अच्छे से जानती थीं। एक अर्थपूर्ण निगाह अपने भाई पर डाली। वह कुछ न बोला। वैसे भी ससुराल के बीच में बोलकर वह वहाँ बुरा नहीं बनना चाहता था, या फिर कुछ दिन के लिए अपनी जिम्मेदारी के बोझ से निवृत्त होना चाहता हो। जो भी हो, श्यामली सास की सेवा में लग गईं। सुबह–शाम रामायण बाँचकर सुनाती थीं और दिन भर गौमूत्र साफ करती थीं। सास भी मरते–मरते ढेरों आशीष दे गई।

"बेटा, जो कष्ट हमने ढाए, वह तो तेरी किस्मत का दोष था। क्या हम या तुम ऐसा चाहते थे ? जैसी उसकी इच्छा। जब वही तुमसे रुष्ट रहा तो हरि इच्छा। पर तूने बड़ी सेवा की है। जा, तुझे अगले जन्म में खूब सुख मिले।"

और श्यामली उनके देहांत पर खूब फूट–फूटकर रोई थीं। ससुराल से जो एक नाता था, आज उसकी एक डोर भी टूट गई। और फिर देवरों और जेठों से भरे घर में उन्होंने दुबारा कदम न रखा।

बेटी कमला के घर भी काफी कम जाती थीं। वही अकसर आ जाती। बेटी के घर पर खाना वह वर्जित मानती थीं। नाती होने के बाद भी संस्कारों ने बाँध दिया था।

शांति के बेटे की जब शादी हुई तो उन्होंने अपने जेवर तुड़वाकर उसकी बहू के लिए बनवाया था।

"बहू···रानी, बहू ने तुम्हें जो लंबा वाला हार पहनाया है, वह मेरे सोने

का बना है। तुम किसी से कहना नहीं पर यह मेरी तुमको भेंट है।" उनके स्वर में गहन पीड़ा थी। वह अपनी ही चीज को शौक से किसी को दे भी न पाई थीं। सारे अरमान उनके अंदर दब गए थे।

अब वह बूढ़ी हो चली थीं। एक दिन बस वह खाट पर से उठी ही थीं कि जोर से चिल्लाकर बैठ गईं।

काफी देर तक जब वह खाट पर से नहीं उठीं, तब लोगों का ध्यान उधर गया। कूल्हे की हड्डी का फ्रैक्चर था। उनकी बेटी आकर उनको ले गई थी। इसी बीमारी में उनका अंत भी आ गया। क्रिया-कर्म के समय नाती साफ मुकर गया। तब श्यामली के भाई ने ही आगे आकर उनका क्रिया-कर्म किया।

"माँ नहीं थी, बड़ी बहन थी। क्या हुआ, अगर मैं उनका बेटा नहीं हुआ, पर वह थीं तो माँ दाखिल। जब पूरी जिंदगी सेवा की तो अंत समय में क्या पीछे हटना!" और उन्होंने उनकी बेसहारा-सी जिंदगी को किनारे लगा दिया। उनका जेवर भी बाँधकर बेटी को दे दिया।

शांतनु के मरने पर शुभांगी के माता-पिता आए थे। एक कोने में दुःख और अपमान को पीते हुए बैठे थे। बेटी का चेहरा देख-देखकर कलेजा जी को आ रहा था। छोटी-छोटी बेटियों को देख दिल दहल जाता।

"अरे, पूरी जिंदगी पड़ी है, कैसे होगा? कम-से-कम अपनी जिम्मेदारियाँ तो पूरी कर जाते।"

"ईश्वर कैसे इतना अन्यायी हो सकता है? कम-से-कम छोटे बच्चों का तो खयाल करता!"

मिथ्या वचन, कोरी संवेदनाएँ। पर शुभांगी को रह-रहकर खयाल आता, वह कैसे बच्चे पालेगी? इनका भविष्य बिल्कुल अनिश्चित-सा हो गया था।

शांतनु की मृत्यु के बाद शुभांगी की माँ उसको कुछ दिनों के लिए मायके ले गई थी। सबका थोड़ा मन बदल जाएगा और इन सबसे ध्यान हट जाएगा, पर शुभांगी रह न पाई। रह-रहकर अपना घर याद आता था। वहाँ से जुड़ी हर चीज में उसको शांतनु का स्पर्श लगता था। यादें थीं और उन यादों में स्पंदन था।

शांतनु उसका कितना खयाल रखता था, जब भी घर में रहता तो हँसता रहता। हमेशा साथ खाता। उसकी आँखों का इशारा ही खाने की मेज पर बुलाने के लिए काफी था। उसकी पूरी अलमारी ही शांतनु के पसंदीदा कपड़ों से भरी थी। उसकी जिंदगी की धुरी था शांतनु। और वह उसको ही खा गई।

बीच-बीच में उसकी माँ ने यदा-कदा शादी की बात चलाई भी, पर शुभांगी के ससुर ने साफ शब्दों में कह दिया—

"समधनजी···हमारे घर में ऐसा कोई रीति-रिवाज नहीं है। अगर उसने अपना पति खोया है तो हमने भी अपना बेटा खोया है। रात-रात भर जागकर मैं भी उसकी याद में तड़पता हूँ। मैं बाप-दादाओं की कमाई हुई इज्जत यूँ ही नहीं गँवा दूँगा। दुबारा ऐसा सोचिएगा भी नहीं···।"

वह भी शादी करके शांतनु की स्मृतियों के साथ छलावा नहीं करना चाहती थी। पर जाते-जाते माँ एक काली बिंदी लगा गई, "बेटा, मेरे सामने तुम्हारा माथा खाली रहे और माँग सूनी, यह मैं देख नहीं सकती।"

आज तीज थी। सब महिलाएँ उत्साह से व्रत की तैयारी कर रही थीं। पर अखबार में धू-धू कर कुछ जल रहा था। सारे अखबार रूपकँवर के सती होने की घटना से भरे थे—'पति की चिता पर एक और सती।' शुभांगी सिर्फ चिता की जलती हुई लपटों को देख रही थी। रूपकँवर के चर्चे सबकी जुबान पर थे। हों भी क्यों न, एक और महिला मार डाली गई। अच्छा है, जिंदगी भर घुट-घुटकर मरने से तो एक बार मर जाना बेहतर है। शुभांगी उठी···शीशे के सामने जाकर खड़ी हो गई। रूपकँवर का सुहागिनों वाला चेहरा उसकी आँखों के सामने घूम गया। वह भी तो तिल-तिल कर मर ही रही है। एक निगाह उसने ऊपर से नीचे तक अपने ऊपर डाली। सफेद लिबास और उससे भी स्याह सफेद बेरौनक चेहरा। जोर से हँसना भी उसके लिए गुनाह था। वह मनहूस थी। उसका यही चेहरा सुबह देखना अपशगुनी था। उसके अंदर भी कुछ जलने लगा तथा अपने प्रति उपजी घृणा जलने लगी। वह कायर थी··· बेहद कायर! अपने बच्चों के कारण वह मर भी नहीं सकती थी। पर अब वह मरेगी नहीं, जिएगी। शांतनु की यादों के सहारे जिएगी। शांतनु भी यही

चाहता है। उसने अपनी अलमारी खोली। पिछले साल तीज पर शांतनु ने हल्के गुलाबी रंग की साड़ी दी थी। उसको पहनकर और हल्का मेकअप करके वह फिर से शीशे के सामने आकर खड़ी हो गई। नीचे से उसकी दोनों बेटियाँ दौड़ती हुई आ गईं।

"माँ···कहाँ हो, माँ···।"

उनकी माँ बाँहें फैलाए नवजीवन का स्वागत करने के लिए तैयार खड़ी थी। दोनों उस बाँहों के संसार में आकर दुबक गईं।

शुभांगी की आँखों में आँसू थे, पर पीछे शांतनु खड़ा मुसकरा रहा था। अब उसकी आत्मा शांति से रह सकेगी। उसने आकर हौले से शुभांगी के कंधों को सहलाया। अब शुभांगी को कोई तीज करने की आवश्यकता नहीं थी। न रात भर रतजगा करके अजगरी योनि से बचने का कोई स्वाँग रचना पड़ेगा। उसका शांतनु तो उसके पास था। और एक नया संसार स्वागत में पलकें बिछाए खड़ा था।

"तो चलो।" शांतनु बोला। और उसने मौन स्वीकृति दे दी।

□

मोल

एक कोने में बैठकर सब्जी काटते हुए वह बेदम प्रतीत हो रही थी। बूढ़ी की खाँसी बढ़ती जा रही थी। बाबूजी चारपाई पर बैठकर अखबार पढ़ रहे थे। अम्माँ कोई ऐसी बूढ़ी नहीं थी कि उम्र हो गई हो। यही कोई चौंसठ–पैंसठ साल की रही होगी। घर की गृहस्थी ढोते–ढोते जीवन के अनुभव शरीर के हर अंग पर दिखाई देने लगे थे। बाल पक गए थे। शक्ल पर झुर्रियाँ दूर से प्रतीत होती थीं। दुबला–पतला, छरहरा बदन, उस पर एक अपाहिज टाँग।

बाबूजी को रिटायर हुए सात–आठ या दस साल हो गए थे। उसके बाद कहीं काम–धाम ढूँढ़ा नहीं और मजे से घर में बैठकर रिटायर्ड जिंदगी बिता रहे थे। जीवन भर घर की जिम्मेदारियों से फारिग रहे। एक कुशल बीवी के चलते कभी उस ओर झाँकने का मौका नहीं मिला। सरकारी नौकरी होने के कारण आदत भी आरामतलबी की पड़ गई थी।

कभी कोई काम वक्त पर नहीं होता तो आसमान जरूर सिर पर उठा लेते थे। अम्माँ को निजी और सार्वजनिक जीवन में अनेकानेक बार वह अपमानित कर चुके थे। पर अम्माँ पर तो मानो जूँ भी न रेंगती थी। शायद बाबूजी को झेलते–झेलते आदत सी हो गई थी।

उनकी दो बेटियाँ थीं, जो ब्याह दी गई थीं। बेटा मैट्रिक पास कर आई.ए. में आया था। बेटा अविनाश ट्यूशन कर जैसे ही लौटा तो माँ की खाँसी उससे देखी न गई।

"चलो माँ, तुमको डॉक्टर को दिखा लाऊँ।" स्वर उसका थोड़ा तेज था। वह बाबू को सुनाकर थोड़ा सहानुभूति लेना चाहता था।

अखबार पढ़कर बाबूजी अब आँगन में तेज कदमों से टहल रहे थे।

"कहाँ जाने की बात हो रही है?"

"बाबूजी, माँ की खाँसी पिछले दो महीने से बराबर बनी हुई है। दवा-दारू भी नहीं कर रही हैं।"

बाबूजी थोड़ा रोष में बोले, "दवा-दारू से किसने रोका हुआ है? अपना ध्यान खुद ही नहीं रखती। सुबह उठकर जब देखो, तब ठंडे पानी से सिर धोकर नहा लेती है। यह भी कोई उम्र है, इस तरह की ठिठोली की! शरीर का खयाल रखे। पर नहीं, दुनिया को तो यह दिखाने में आनंद आता है कि कैसे पति से शादी हो गई है, जो ठीक से इलाज भी नहीं करवाता, देखभाल तो दूर है। क्या मैं जानता नहीं हूँ यह चाल उसकी? पिछले तीस बरस से झेलता आ रहा हूँ।"

अम्माँ की आँखों से आँसू छलक आए।

अविनाश बोला, "अब आप तो अच्छा-खासा भाषण देने पर उतावले हो गए।"

"अच्छा, अब बेटा इतना बड़ा हो गया है कि माँ के लिए बोलेगा! जो खुद से नहीं बोला जाता, वह बेटे के मुँह से कहलवाती है।"

और बाबू ने चाल तेज कर दी। अकेले पड़ गए थे। जवान-जहान होते बेटे से मुँह लगाना उचित नहीं था। थोड़ी देर व्यग्र रहे, फिर वहीं से चिल्लाकर बोले, "ओ अविनाश की माँ, चाय तो देना।"

अविनाश अपनी माँ के गिरते हुए स्वास्थ्य को देखकर चिंतित था।

"बाबूजी, थोड़े पैसे दे दो।"

"पैसा! अरे, पैसा कहीं पेड़ पर फलता है, रिटायरमेंट के बाद तो ऐसे ही आधा मिलता है। तुम माँ-बेटे जब देखो तब पैसे का ही रोना रोते रहते हो।"

अविनाश को भी गुस्सा आ गया, "अब बस भी कीजिए, बाबूजी। मेरे पास कुछ बचत के पैसे हैं, उन्हीं से माँ को दिखा आता हूँ।"

"पैसा तो मैंने ही तुमको दिया है, वही न तुम बचाकर रखे हो और शेखी बघारते हो!"

अविनाश कुछ न बोला। साइकिल बरामदे में लगाकर अंदर चला गया। अम्माँ भी पूरे नाट्यक्रम में चुप बैठ सब्जी काटती रही। बाबूजी शुरू से कंजूस और लापरवाह आदमी थे, पर रिटायरमेंट के बाद तो जैसे वह पूर्णतः ही बदल गए थे, बात-बात पर झुंझला जाना उनकी आदत में शुमार हो गया था।

अविनाश ने अम्माँ से काफी मिन्नतें कीं कि चलकर दिखा लो, पर वह राजी नहीं हुई।

"कुछ नहीं हुआ है, बेटा! बस थोड़ी सी खाँसी ही तो है। फिर देख, दवा तो ले रही हूँ। कुछ दिनों में सब ठीक हो जाएगा। तू ऐसा कर, यह वाली दवा लाकर दे दे। इससे आराम हो जाता है।"

बात आई-गई हो गई। पर अम्माँ की हालत में ज्यादा सुधार न हुआ। अब तो उनको बुखार भी रहने लगा था। पहले से काफी कमजोर भी हो गई थीं। एक दिन सुबह अम्माँ बिस्तर से नहीं उठीं। इधर वैसे तो भोर होते ही उनका काम-काज चालू हो जाता। यह मटके भरना, कपड़े धोना आदि, पर आज सूरज पूर्णतः अपना साम्राज्य फैला चुका था, पर वह बेसुध पड़ी थीं। बाबूजी को सुबह की चाय की तलब लगी हुई थी। आँगन में चहलकदमी कर रहे थे। चौके में कभी अम्माँ ने जाने का सुअवसर न दिया था। उसके प्रति ठहरे निरे अनाड़ी। मरता क्या न करता! बार-बार झाँककर देख जाते कि अम्माँ उठी कि नहीं, फिर मन मारकर घूमने लगते।

"पता नहीं, आज क्या हो गया है तुम्हारी अम्माँ को, अभी तक सोई पड़ी है। चल, जरा चाय तो बना दे।"

"बाबूजी, आप भी हद करते हैं। अम्माँ ऐसे ही नहीं न आराम फरमा रही हैं। जरूर तबीयत बिगड़ गई होगी।" अविनाश भागते हुए अंदर आया।

अम्माँ के सिर पर हाथ रखा, तो कस के बुखार था। खाँसी पहले की तरह यथावत् थी। बाबूजी से पैसे के लिए कहना व्यर्थ था। वह अपना दराज खोलकर पैसे निकाल लाया और आनन-फानन में पड़ोस के डॉक्टर को ले आया।

डॉक्टर ने हर प्रकार से मुआयना किया और एक कागज पर कुछ

लिखकर अविनाश को पकड़ा दिया।

"पहले यह सब टेस्ट करवा लीजिए, तब कुछ कहा जा सकता है।"

एक्स-रे और खून की जाँच तो बगल के सरकारी अस्पताल में करवा लाना था। उनका नतीजा आने के बाद बाकी परीक्षण करवाना था। इस बीच बगलवाली शीला मौसी ने घर को सँभाल लिया था। बीच-बीच में आकर माँ की भी सेवा-पानी कर जाती थीं। शीला मौसी और अम्माँ आगे-पीछे ब्याहकर इस मुहल्ले में आई थीं। अम्माँ के स्वभाव के कारण दोनों में घनिष्ठता काफी बढ़ गई थी। जब शीला मौसी विधवा हुईं थी तो अम्माँ ने उनको सँभाला था। आज उसी का ऋण वह अदा कर रही थीं। रिपोर्ट्स लेकर शाम को डॉक्टर के पास गया। देखकर डॉक्टर थोड़ी देर सकते में आ गए, फिर अविनाश का चेहरा पढ़ने की कोशिश करने लगे। थोड़ी देर बाद संयत स्वर में उन्होंने कहना शुरू किया—

"बेटा, जो सोचा था, उससे भी भयंकर अंजाम सामने आया है। मैंने तो बहुत सोचा, तो भी टी.वी. के आगे की कल्पना न कर पाया। पर एक्स-रे तो···" वह ठिठक गए। अविनाश के चेहरे पर से उन्होंने आँखें हटा लीं। सिर झुकाकर बोले, "आखिरी अवस्था में···" और कमरे के गमगीन माहौल के साथ वह भी एकाकार हो गए।

अविनाश के ऊपर तो जैसे वज्रपात हुआ। कभी दूर-दूर तक भी उसने नहीं सोचा था कि उसकी माँ हर पल जिंदगी और मौत की लड़ाई लड़ रही है।

सकते की स्थिति से उबरने के बाद वह धीरे से पूछ पाया, "कोई उम्मीद?"

"बस, ईश्वर ही कुछ कर सकता है। नहीं तो एक महीना से अधिक का वक्त नहीं है उसके पास।"

अविनाश भारी मन से डॉक्टर के कक्ष से निकला। जी कैसा-कैसा हो गया था।

घर पहुँचा तो बाबूजी का अपना ही राग चल रहा था। माँ अपनी चारपाई पर पड़ी कुछ बुदबुदा रही थी। कमरे में जाकर माँ का हाथ पकड़कर बैठ

गया। शायद कसकर पकड़ने से माँ छुड़ा नहीं पाएगी। माँ में भी उसके स्पर्श से स्पंदन हुआ।

"बेटा तू आ गया। जा, जाकर खाना खा ले। पिताजी कब से तेरे लिए परेशान घूम रहे हैं, भूखे भी हैं। अब मैंने ही न उनकी आदत बिगाड़ दी है। बच्चे-सा व्यवहार करते हैं।"

"भूख तो उन्हें बरदाश्त नहीं। मौसी खाना पकाकर रख गई है।" माँ बोले जा रही थी और वह सुने जा रहा था। आज वह माँ से ढेरों बातें कर लेना चाहता था, पता नहीं कल क्या लेकर आए।

थोड़ी देर में जब संयत हुआ तो उठकर बाबूजी के कमरे में गया।

"कहाँ था, अब तक?" कड़ककर पूछा, "बोल, कहाँ था?"

"डॉक्टर के पास।" बड़ी मुश्किल से स्वर निकला।

"क्या बोला डॉक्टर?"

अविनाश बाबूजी की शक्ल देखने लगा। फिर बिना कुछ भूमिका बाँधे बोला, "फेफड़े का कैंसर।" और सिर झुका लिया, जैसे उससे कोई ढेर सारा अपराध हो गया हो।

बाबूजी शायद समझे नहीं या समझकर अनजान बने रहे, "फेफड़े का कैंसर।" फिर शायद अपने ही स्वर से उनकी तंद्रा टूटी और शब्दों की गंभीरता का ज्ञान हुआ।

"इलाज··· ?" टूटे हुए स्वर में पूछा।

"कुछ नहीं, आखिरी वक्त है। सिर्फ दुआ ही काम करेगी।"

शायद बीमारी की भयावहता बाबूजी के मनःस्थल में धीरे-धीरे प्रवेश कर रही थी। भारी मन से वह भी चहलकदमी करते रहे। उठकर अम्माँ को छूने का साहस नहीं हो रहा था। पास की ही कुरसी पर पूरी रात बैठे रहे।

उस दिन परिवार में किसी ने भी खाना नहीं खाया।

सुबह जब अविनाश की आँख खुली तो अम्माँ सो रही थी, पर बाबूजी का कहीं अता-पता नहीं था।

उठने पर माँ ने भी सबसे पहले बाबूजी के विषय में पूछा।

"बस माँ, आते ही होंगे, पास ही में गए हैं…" अविनाश झूठ बोल गया। अम्माँ कुछ न बोली।

बाबूजी कपड़े की दुकान के बाहर बैठे हुए थे। सुबह से ही दुकान खुलने का इंतजार कर रहे थे। कल शाम से उनके अंदर एक शून्यता ने प्रवेश कर लिया था। उन्हें कुछ भी अच्छा नहीं लग रहा था। अम्माँ के साथ बिताए हुए क्षण उन्हें रह-रहकर कचोट रहे थे। वह अम्माँ को कभी भी पूरा वक्त नहीं दे पाए, इसकी उनको आत्मग्लानि हो रही थी।

काफी समय से अम्माँ का एक साड़ी खरीदने का मन था। सुंदर-सी भारी साड़ी। सूती धोती के सिवा, वह उसको कुछ भी खरीद न पाए थे और अम्माँ ने इसके आगे कभी कोई फरमाइश भी नहीं की थी। एक संतोषी, सुघड़ गृहिणी की तरह वह घर के कार्यों में खुश रहती थी, पर इधर उसने पहली बार मुँह खोला था, वह भी कीमती साड़ी के लिए और उन्होंने उसे झिड़क दिया था।

"अपनी औकात देखकर पैर पसारना चाहिए।" और अब जब अम्माँ हमेशा के लिए चुप हो जाए, इससे पहले वह लाल चुनरी के गोटेवाली साड़ी उसको पहनाना चाहते थे। पहनाकर उसको खुश देखना चाहते थे।

और जैसे ही दुकान खुली, वह साड़ी खरीदकर तेज कदमों से घर की ओर लपके। अम्माँ की जाती हुई, हर साँस के साथ कदम तेज करते गए। साड़ी को काफी कस के पकड़े हुए थे कि कहीं छूट न जाए। आज उन्हें अनुभव हुआ कि जिंदगी के आगे बाकी सब बेमोल है। सिर्फ जीवन ही बहुमूल्य है।

□

परिचय

"आपका परिचय···"

"जी, मैं मिसेज आरती सिन्हा।"

आरती एक मध्यम आकार और ठीक-ठाक डील-डौल वाली महिला थी। चेहरा सुंदर था और बाल व्यवस्थित होते हुए भी तितर-बितर, पर कहीं-न-कहीं दृढ़ संकल्प बोलता था।

सामने बैठे प्रधानाचार्य ने पहला प्रश्न ही यह दागा, "अब इतने वर्ष बीतने के बाद नौकरी में आने का मकसद?" आरती कहना चाहती थी कि वह घर बैठे-बैठे बोर हो गई है, जीवन निरुद्देश्य हो गया है, अब घुटन होती है और निरर्थक जीवन की चीख उसके मन में बेहद कौंधती है और उसे बेचैन कर देती है। वह कैद से भागना चाहती है, वह शायद अब अपने से भागना चाहती है, उसे आजादी चाहिए।

मुँह से इसके पहले कि यह स्वर निकलते, बस और नहीं, वह सिर्फ इतना ही बोल पाई—

"जी, मैं शिक्षित हूँ और शिक्षा का उपयोग करना चाहती हूँ। अब बच्चों और पति को मेरी जरूरत नहीं, अत: अपने पैरों पर खड़ा होना चाहती हूँ।"

प्रिंसिपल ने ऐनक के पीछे से उसकी तरफ देखा, मानो बाहर से ही उसे पढ़ लेना चाहता हो और उसकी कमजोरी को मानो ताड़ ले रहा हो। थी तो वह औरत ही, उसका वजूद और परिचय तो उसके पति से जुड़ा था। आरती को आत्मग्लानि हुई, तो क्या वह विद्रोही है या फिर वह सिरफिरी, जो अपने अच्छे-खासे घर को दाँव पर लगाकर काम करने निकली है!

सहसा उसके हाथ पसीने से तर-बतर हो गए और वह अंदर-ही-अंदर काँप उठी। उसने हँसकर जिक्र अपने माता-पिता से किया था। पिता हँस दिए थे, पर माँ ने उसे बहुत समझाया था—

"क्यों अपने अच्छे-खासे घर में आग लगा रही हो? पैसे की ऐसी क्या जरूरत आ पड़ी कि अब इस उम्र में नौकरी करने निकलोगी? घर कैसे चलेगा, पति के पहले अगर निकल गई तो फिर सब कैसे होगा? मैंने अपने पति और बच्चों के लिए अपना जीवन कुरबान कर दिया। आज उसी कुरबानी की देन तुम और तुम्हारा भाई है। इतने अच्छे संस्कार मैं तुम दोनों को दे पाई! क्या जरूरत है नौकरी की?"

आरती ने अपनी माँ की तरफ देखा। उस कुरबानी का आकलन उसने करना शुरू किया। माँ के चेहरे पर जीवन की थकान बहुत पहले ही आ गई थी। जीवन की नीरसता उनकी तमाम बीमारियों के रूप में उनको निगल जाने के लिए तैयार खड़ी थी। शायद उसकी माँ हँसती कम थीं और क्रोध उनका व्यक्तित्व बन गया था। नहीं, वह माँ नहीं बनना चाहती, किसी भी कीमत पर नहीं। यह तो उसे पक्का पता था और वह समय से पहले मरना नहीं चाहती थी और यह वह ठान चुकी थी। उसका मन कुरबानी की कोई विशेष उपलब्धि नहीं जान पाया, क्योंकि वह और उसके भाई जीवन में ऐसा तो कुछ हासिल नहीं कर पाए। साधारण इनसान बनाना कोई अहं की तुष्टि नहीं है। शायद माँ का मातृत्व अपने लालन-पालन की विफलता को स्वीकार नहीं करना चाहता था।

प्रिंसिपल ने कुछ और प्रश्न पूछे। एकाध उसके विषय से जुड़े हुए थे और सामने बैठे सज्जन अपनी नाक पर चशमा ठीक करते हुए आरती के बायोडाटा का ब्योरा सिलसिलेवार देखने लगे।

सामने बैठे सज्जन एक स्थानीय स्कूल के प्रधानाचार्य थे और आरती उनके स्कूल में शिक्षिका की नौकरी के लिए आवेदन देने आई थी। आरती से अनेकानेक प्रश्न पूछने के बाद जब उनको संतुष्टि मिल गई और उसके उत्तर उनको ठीक-ठाक लगे तो आरती को दूसरे दिन नौकरी के लिए बुला लिया।

दूसरे दिन से आरती को काम पर आ जाना था। इसका उसको तो पहले

से ही एहसास था कि उसके अंदर क्षमता थी और वह काम कर सकती है। रह-रहकर अपने छात्र-जीवन की उपलब्धियाँ उसके सम्मुख चलचित्र के समान दृष्टिगोचर हो जातीं। उसके तो पाँव जमीन पर नहीं पड़ रहे थे। लग रहा था, मानो इस उपलब्धि का कागज ले जाकर पूरी दुनिया को बतलाऊँ। उसने प्रिंसिपल से धीरे से कागज ले लिया और उनके सम्मुख सिर्फ इतना ही बोल पाई—

"जी, कितने बजे आना है?" उनसे समय पूछकर वह बाहर आ गई।

बाहर आकर तो उसकी खुशी का ठिकाना न रहा, कहाँ वह सिर्फ आवेदन देने आई थी और कहाँ यहाँ तो नौकरी स्वयं उसके पास चलकर आ गई! उसके तो मारे खुशी के पैर जमीन पर नहीं पड़ रहे थे। अच्छी-खासी तनख्वाह मिलेगी, उससे उसके सारे खर्च निकल जाएँगे।

तुरंत बाहर निकलते हुए एक किलो का मिठाई का डिब्बा लिया और अपनी माँ के घर पहुँच गई। उसकी माँ भी उसी शहर में रहती थी और उसके यहाँ संयुक्त परिवार था। जैसे ही उसने कॉलबेल बजाई, दरवाजा उसके ताऊजी ने खोला। अभी वह पूरी तरह से खोल भी नहीं पाए थे कि पीछे से दादी ने चिल्लाकर पूछा, "कौन?" चूँकि दादी अब बूढ़ी हो गई थीं, इसलिए दीवान पर पड़े-पड़े दिन भर वह हर आने-जाने वाले पर निगाह रखे रहती थीं।

"माँ, भुवन की बेटी आई है।" ताऊजी थोड़ा चिल्लाकर बोले, चूँकि दादी थोड़ा ऊँचा सुनती थीं।

"अच्छा-अच्छा, छोटी आई है। देखो, उसको बोल दो कि पहले मुझसे मिलकर ही अंदर जाएगी।"

दादी से उसको गहरा लगाव था, इसलिए उस लिहाज से वह सबसे पहले उनको जाकर ही यह खुशखबरी सुनाना चाहती थी।

आज दादी का शरीर मात्र हड्डियों का एक ढाँचा होता जा रहा है। अब उनकी काया को एक मुट्‌ठी में भर लेने का आसानी से उपक्रम किया जा सकता था। कभी वह बहुत लंबी-चौड़ी हुआ करती थीं और पूरे घर पर उनकी हुकूमत चलती थी। वह वक्त अब कहाँ!

बचपन से दादी ही उसे पढ़ाई के लिए प्रोत्साहित करती थीं। उस जमाने में उनकी ननद की पोती, जिसका नाम जूली था, एक अंग्रेजी स्कूल में पढ़ती थी। और जब कभी जूली उन लोगों से मिलने आती तो छोटी-सी, सुंदर-सी जूली दीदी गिटपिट अंग्रेजी में बोलती तो दादी को कहीं यह एहसास होता कि छोटी भी सुंदर-सी जूली दीदी जैसा बने। हालाँकि वह जूली दीदी जितनी खूबसूरत न थी, पर दादी के मन में एक अरमान जग जाता कि उनकी पोती भी किसी लिहाज से जूली दीदी से कमतर न निकलेगी। सबके ढेर विरोध के बाद भी आरती का दाखिला एक अंग्रेजी स्कूल में हो गया। उस समय अंग्रेजी स्कूल में तो बाहर से आकर अंग्रेजी नन स्कूल चलाती थीं और आरती के दादा को भय था कि उनकी पोती जरूर अंग्रेजी मेम बन जाएगी।

"मैं कहे देता हूँ, अगर भुवन की बेटी बिगड़कर स्कूल से न निकले तो जो तुम कहोगी, मैं हार जाऊँगा।" दादा हड़कते हुए बोले।

अब दादी भी कहाँ हार माननेवाली थीं! तीन बेटों के बीच में उनकी अकेली लाडली पोती—प्यार से पूरी बिगड़ी हुई थी और वह कहाँ टस-से-मस होनेवाली थीं। लिहाजा आरती अंग्रेजी स्कूल में पढ़ने चली गई।

आरती की नौकरी की खबर सुन, इस उम्र में भी ढेर सपने दादी की आँखों में तैर गए। आरती को ढेरों आशीष दे, वह अपनी जीत पर मुहर लगाना चाहती थीं। शायद, यह आरती की सफलता न होकर कहीं-न-कहीं उनकी सफलता थी, जो आरती के मार्फत फलीभूत हुई थी।

दादी से भेंट कर, मैं थोड़ा समय अपनी माँ के पास बिताकर घर की वापसी के लिए निकल गई।

रास्ते में उसकी एक सहेली का घर पड़ता था।

सोचा, चलो उसके यहाँ भी थोड़ा वक्त बिता लिया जाए। फिर कल से तो स्कूल में व्यस्त हो जाएँगे तो कहाँ निकलना होगा।

दरवाजा खटखटाने पर गुड्डू ने दरवाजा खोला। पीछे से उसकी माँ, यानी आरती की सहेली की आवाज आई—

"कौन है ?"

"माँ, चिंटू की मम्मी।"

"अरे वाह, भेज दे अंदर।"

उसकी सहेली प्रतिमा कपड़े इस्त्री कर रही थी। जैसे ही वह अंदर पहुँची, वह आकर उससे लिपट गई।

"अरे! बहुत दिनों बाद आना हुआ, क्या इतनी व्यस्त हो गई कि मुझे भूल गई?" प्रतिमा के स्वर में थोड़ी नाराजगी थी।

"अरे वाह, ऐसा भी कभी हो सकता है, देख मैं इसीलिए न तुझसे मिलने चली आई। एक तू है, कभी याद ही नहीं करती।"

उसके साथ गप-शप में कब वक्त बीत गया, इसका अंदाजा आरती को तब लगा, जब घड़ी पर निगाह गई। "अरे! डेढ़ बज रहे हैं, अब चलना चाहिए। बच्चों को भी लेने जाना है और रास्ते में कुछ सामान भी खरीदना है।"

पसीने से तर-ब-तर वह बच्चों के स्कूल पहुँची। अभी स्कूल की छुट्टी होने में वक्त था। वह थोड़ा थक भी गई थी, अतः वक्त काटने के लिए एक पेड़ के नीचे बैठ गई। तभी उसके पति के दोस्त की पत्नी सामने से आती दिखी। उनको वह काफी समय के बाद मिल रही थी, "अरे मिसेज सिन्हा, अगर मैं भूल नहीं कर रही तो आप विनोदजी की पत्नी हैं। अरे, बाल-वाल कटवाकर तो आप पहचान में ही नहीं आ रही हैं!" उसकी भाषा में थोड़ा व्यंग्य था।

उनके वाक्य सुनकर उसे थोड़ी कोफ्त भी हुई और गुस्सा भी आया। न जान, न पहचान, पर लोगों में यह आदत जरूर होती है कि वह कटाक्ष करेंगे। बिना कटाक्ष किए शायद खाना हजम नहीं होता। फिर दूसरों की व्यक्तिगत जीवन शैली, जिससे उनका कुछ भी लेना-देना नहीं है, उसको जरूर हमेशा इंगित करेंगे। शायद उससे भी ज्यादा कोफ्त हो रही थी कि सुबह से सिर्फ वह किसी की बेटी या किसी की माँ या किसी की बीवी थी। एक नारी, जिसका नाम आरती था, उसका शायद कोई व्यक्तित्व नहीं था।

खैर, दुनियादारी की खातिर उनसे थोड़ा कुशल-क्षेम हुआ, तब तक बच्चों की छुट्टी का वक्त हो गया था। उनको लेकर टैंपो करके घर चलने का निर्देश दिया।

घर पहुँचकर भी काफी व्यस्त दिन बीता। वह रह-रहकर अपने पति के आने का इंतजार कर रही थी। आज उसको नौकरी मिली थी, यह खुशी वह अपने पति के साथ बाँटना चाहती थी।

जब उसके पति शाम को घर लौटकर आए तो उनका मूड थोड़ा ऑफ था। शायद ऑफिस में किसी से बक-झक या किच-किच हुई थी। उनसे बात करने की हिम्मत भी वह नहीं जुटा पा रही थी। अपनी खुशखबरी बाँटने के पहले वह पति की तकलीफ को बाँटना चाहती थी।

"क्या हुआ?"

"कुछ भी नहीं।"

"फिर आपका मूड क्यों इतना खराब है?"

"अब हर बात मैं तुमको नहीं न बता सकता, तुम अपने काम से काम रखा करो। औरतों को वैसे भी ज्यादा बक-झक करना शोभा नहीं देता।"

आरती अपने जज्बातों पर नियंत्रण रखे हुए थी।

"फिर भी!"

"कहा न, मेरे काम में टाँग मत अड़ाया करो। अब अगर तुमने एक शब्द भी बोला तो मैं गाली-गलौज करने लगूँगा। तुम्हारी जिंदगी नरक कर दूँगा।"

आरती का पति थोड़ा नहीं, अच्छा-खासा गुस्सैल था। अगर उसके मतलब की बात नहीं होती थी या उसको कुछ पसंद नहीं आता था तो वह हंगामा और तमाशा करने लगता था।

आरती समझ गई, जरूर ऑफिस में झगड़ा करके आए हैं और उसका गुस्सा उसके ऊपर निकाल रहे हैं।

औरत की तकदीर में शायद झिड़की ही लिखी है। ऐसे बेबस क्यों हो जाती है नारी कि चाहकर भी अपने ऊपर हो रहे प्रतिरोध को रोक पाने की क्षमता उसमें नहीं होती?

तभी घंटी बजती है। सामने आरती के पति के मित्र खड़े हैं।

"अरे, भाभीजी आप! कैसी हैं? और सब कैसा चल रहा है?"

और आरती उनसे हँस-हँसकर बात करने लगी।

"अरे भाई साहब, आप थोड़ा बैठिए, मैं बुलाती हूँ विनोद को। वैसे आज उनकी थोड़ी तबीयत ठीक नहीं है। वह मुँह औंधाए पड़े हैं।"

"अच्छा, क्या हुआ?"

अभी आरती बात पूरी भी नहीं कर पाई थी कि विनोद ने कमरे में प्रवेश किया, "अरे किशन, कब आना हुआ?"

"बस यार, अभी आया हूँ। सोचा, थोड़ा भाभी से भी गप-शप हो जाए। तब तुमको उठाया जाए।"

"हाँ भाई, इधर मैं देख रहा हूँ कि तुम अपनी भाभी से कुछ ज्यादा ही गप-शप करने लगे हो। भाई, ऐसी हमारी किस्मत कहाँ!" विनोद के स्वर में व्यंग्य मिश्रित तीखापन था।

आरती भी वाक्य के अंदर निहित व्यंग्य को समझ गई थी। वह तुरंत अचकचाकर रसोईघर में चली गई।

आरती ने महसूस किया कि पूरा समय विनोद का मुँह बना हुआ था। किशन के जाते ही विनोद अपने कमरे में आ गए। आरती आनेवाले तूफान को भाँपकर काफी घबराई हुई थी। वह विनोद के बगल में काफी देर बैठी रही, पर वह कुछ भी न बोला।

आरती को भाँपते देर न लगी कि विनोद अब गुस्से और शक से पूर्णतः पीड़ित है।

"क्या हुआ?" उसने बात सँभालने की कोशिश की।

"कुछ नहीं।" काफी देर बाद विनोद बोला, "आपने नौकरी कर ली है और इसकी सूचना अब मुझे गैरों से मिलेगी।"

"अब आप ही इतने गुस्से में थे कि कोई बात सुनने के लिए तैयार नहीं थे तो मैं क्या करती? मैं तो आते ही बताना चाह रही थी।"

"हाँ, अब नौकरी करो। ऐश है भाई, ऐश!"

"आप तो खामखाँ बात का बतंगड़ बना रहे हैं।"

"बात का बतंगड़! तुमने तो जिंदगी को ही तमाशा बना दिया है।"

अब आरती की सहनशक्ति की सीमा चूक रही थी। वह चीखकर बोली,

"आप पुरुष अपने को समझते क्या हैं? जब मन में आया चीख दिए, जब मन में आया गुस्सा हो लिये। जो मन में आया, बोल दिए और जब मन में आया तो छोड़ दिए! आप समझते हैं कि औरत का न ही कोई अस्तित्व होता है, न परिचय। उसको अपनी पहचान के लिए भी आप पुरुषों की जरूरत पड़ती है। इसका आप लोग नाजायज फायदा उठाते हैं। हम औरतों का भी अस्तित्व है। अपना एक व्यक्तित्व है।"

और दृढ़ विश्वास के साथ वह दूसरे दिन के लिए अपने आपको मानसिक तौर पर तैयार कर, सोने चली गई।

दूसरे दिन जब वह उठी तो अपने को काफी हल्का महसूस कर रही थी। अच्छे से तैयार होते हुए उसका मन काफी प्रफुल्लित था।

आज से उसकी एक नई पहचान थी, जीवन की नई शुरुआत।

किसी के पूछने पर वह बोल सकती है—

"मैं श्रीमती आरती सिन्हा, शिक्षिका ओरबिट इंटरनेशनल हाई स्कूल।"

उसने एक दृष्टि अपने पति पर डाली। वह अभी भी सो रहे थे। पुरुष जागता कब है, वह तो सारी उम्र अपनी आँख मूँद बेपरवाह सोता रहता है। किसी की पीड़ा के प्रति वह तब ही जाग पाता है, जब उसको स्वयं पीड़ा पहुँचती है।

दंभी, अभिमानी पुरुष वर्ग तो अबला को सताकर उत्साहित रहता है। वह अपनी पहचान किसी को दमन कर बनाता है। शायद हिटलर और उसके वर्ग में कोई विशेष अंतर नहीं है।

आरती फटाफट सीढ़ियाँ लाँघती हुई स्कूल के लिए निकल पड़ी। आज वह स्वच्छंद आसमान की सारी ऊँचाइयों को छू लेना चाहती थी। वह सीमाओं की सारी सीमाएँ लाँघ जाना चाहती थी।

वह अपने नए परिचय के आत्मविश्वास के साथ नई सुबह की शुरुआत में और उसके स्वागत में लग गई।

"गुड मॉर्निंग मैंम," एक छोटे-से बच्चे के स्वागत में उसे जीवन की नई पहचान मिल गई।

नया परिचय।

□

प्रतिशोध

फिल्मों में ऐसा होता आया है, पर कभी–कभार ऐसा अपने आसपास भी घटित होता है। पास ही के सुदूर गाँव में कुछ ऐसा ही घटित हो गया, जिसकी कल्पना भी रोमांचित कर देती है। नाटकों के पात्र अचानक जीवंत हो उठते हैं और ऐसा दृश्य उत्पन्न कर देते हैं कि असंभव भी संभव हो जाता है। इन घटनाओं की हम कितनी भी अनदेखी कर लें, पर हम महसूस कर लेते हैं कि जीवन ही नाट्य रूपांतर होकर वास्तविकता का मुखौटा चढ़ा लेता है और कहीं किसी कोने में छुपा हुआ हमारा मजाक उड़ा रहा होता है और हम उससे अनजान हर क्षण दूर–कहीं–दूर जीवन से भाग रहे होते हैं। हमारा संपूर्ण जीवन ही भागने की एक लंबी कड़ी है, क्योंकि कहीं–न–कहीं भयाक्रांत हम उसको जी पाने का दुस्साहस नहीं कर पाते हैं।

जीवन अनमोल है पर भावनाओं के आवेश में हम सदैव उसकी गुणवत्ता और महत्त्व से अनभिज्ञ रहते हैं।

शायद कथानक हमें भारी पड़ रहा है और भाषण सुनते–सुनते हम आजिज आ गए हैं, भाषण को हम बंद फाइल में लपेटकर आलमारी में डाल देते हैं या फिर एक कान से सुन दूसरे कान से निकाल देते हैं।

ज्यादा बोर न करते हुए तथ्यों पर आ जाएँ, क्योंकि शायद कहानी पढ़कर आप इसे नाटक से अधिक कुछ भी न समझेंगे और शायद अनायास मुँह से निकल जाए कि ऐसा भी कहीं होता है! पर अभी भी यहाँ–वहाँ अकसर ऐसा ही होता है।

पटना के बहुत ही समीप भोजपुर नाम के जिले में एक गाँव है, अभी

भी वहाँ सामंती प्रवृत्ति बीच-बीच में उफान मार देती है। डोला प्रथा गाँवों में अपना अस्तित्व पूर्णरूपेण जमाए हुए है और बीच-बीच में वीभत्स रूप में अपना तांडव दिखा देती है। ऐसा ही कुछ यहाँ हुआ और कहानी बन गई।

गाँव क्या था खंड-खंड में बँटा, इनसान को ही बाँट दो और समाज तैयार। कहीं रंग का मुद्दा उठा दे, कहीं जाति, कहीं संस्कार तो कहीं देश का। इनसान का बँटना मजबूरी है। धर्म के ठेकेदारों ने तो पहले ही अपना प्रभुत्व जमा रखा है, बाकी रही-सही कसर अमीरी और गरीबी की महीन रेखा ने खींच रखी है। उससे भी काम न चला तो औरत को पुरुष से अलग कर दिया और ठठाकर जिंदगी हँस दी। इनसान एक-दूसरे के खून का प्यासा हो गया कि इनसानियत ही खो गई और हैवानियत की चादर ओढ़कर वह गर्वित हो समाज में शान से घूमने लगा।

सदियों से ऐसा ही होता आया है और अफसोस ऐसा ही होता रहेगा, क्योंकि इनसान अपने बनाए हुए मूल्यों से स्वयं हारता है और वक्त एक चुनौती बन जवाब माँगता है।

कितना कुछ घटित हो जाता है और एक कहानी बन जाती है। ऐसा ही यहाँ भी हुआ और पूरा जीवनवृत्त एक नाटक में तब्दील हो गया।

बहू को विदा करने की तैयारी जोरों पर थी। रात में पूरी पूजा हो गई थी। बरात विदा होने का समय होता जा रहा था। बरात क्या थी कुछ एक बड़े-बूढ़ों का जमघट था। कोई भी औरत उनके साथ न थी। गाँव की तब्दीलों में ऐसा ही होता है। कुछ एक लोग ट्रैक्टर में बैठकर शादी में आ गए थे। उसी में बहू विदा होनी थी। हरदयाल की पत्नी बन रूपा नया रूप पा गई हो, पर माँ-बाप से बिछुड़ने का गम भी कुछ कम तीखा न था। सखी-सहेलियाँ सब हमेशा के लिए बिछुड़ जाएँगी। उसका तो रो-रोकर बुरा हाल था। वधू पक्ष में सब गमगीन थे, उदासी का माहौल पसरा पड़ा था। वधू पक्ष विदाई को 'थोड़ी देर और' करके टाले जा रहा था, पर तब्दीली हड़बड़ी में थे।

"अरे भाई थोड़ा जल्दी करो, नहीं तो गाँव पहुँचते-पहुँचते रात हो जाएगी। रास्ता भी ठीक नहीं है।" और थोड़ा बेचैन होकर सब बाहर घूम रहे

थे। पिछली बार राधेश्याम की बरात का दृश्य अभी तक सबकी आँखों के सामने, कल की घटना बन घूम रहा था। एक अजीब-सी सिहरन सबके शरीर में फैलती जा रही थी।

उचित मुहूर्त देखकर बरात निकली। रो-रोकर रूपा का हाल बेहाल था। जैसे-जैसे डोली उसके घर से दूर जाती जा रही थी, वैसे-वैसे दुःख रोमांच में तब्दील हो रहा था। गाँव की सीमा पार करते-करते, सबका चित्त थोड़ा हल्का हुआ। एक तो इतने मर्दों के बीच में उसका यात्रा करना, उसे थोड़ा अजीब महसूस हो रहा था, पति भी तो उसके लिए अनजान ही था। उसकी सूरत उसने विवाह मंडप में पहली बार देखी थी और उसका आकर्षक चितवन उसके मन को मोह गया था। ऊबड़-खाबड़ रास्तों को पार करते हुए, ट्रैक्टर राफ्ता-राफ्ता चला जा रहा था। बड़े-बूढ़ों को बहू लाने से अधिक, गाँव सकुशल पहुँचने की दुश्चिंता मन में सता रही थी।। घर पहुँचने के पहले रास्ते में ऊँची जाति वालों का टोला पड़ता था। सेठ की हवेली के सामने से बरात को होकर गुजरना था, गाँव में किसी को भी कानोकान इस विवाह की खबर नहीं थी। हरदयाल शहर में नौकरी करता था, यही बात सब तरफ फैलाई गई थी। गाँव आया था, तो पिता ने शादी की बात कर दी। आनन-फानन में विवाह हो गया, अब बहू के दुरागमन का भी वक्त आ गया था।

जैसे-जैसे गाँव नजदीक आ रहा था, सबके होंठ सिल गए थे, कोई किसी से कुछ भी न बोलता था। आँखों-ही-आँखों में सारी बातें मानो हो जा रही थीं, पर होनी को कौन टाल सकता है, वही हुआ जिसका अंदेशा सबको था। सेठ के घर के समीप दो मुस्टंडों ने ट्रैक्टर को रोक लिया। हाथों में बड़े-बड़े लट्ठ थे, कमर में चाकू घुसा हुआ था। देखते-ही-देखते इस तरफ से भी लट्ठ निकल आए। दोनों पार्टी भिड़ गईं। बरात में एक-दो घायल हुए। बराती सिर पर पाँव रखकर भाग गए, हरदयाल भी भाग पाने में सफल हो गया, बहू की डोली को उठाकर सेठ की कोठी के अंदर प्रवेश करा दिया गया। रूपा ने पहला कदम बड़ी हवेली में रखा।

बहुत पहले की बात है, जब हरदयाल छोरा हुआ करता था। कोई दस-

बारह साल का रहा होगा। पिता के साथ दिनभर खेतों में काम करता था, रात को चैन की बंसी बजा, चारपाई पर औंधे पड़ जाता था। अच्छी नींद आती थी, दुनिया की चिंता न थी। आज के भरोसे सब चल रहा था, कल का ठिकाना न था, पर इज्जत से बीत रही थी। एक दिन ऐसे ही खेत में काम कर रहा था कि सेठ के आदमी आ सामने खड़े हो गए।

"तुम्हारा बापू कहाँ है ?"

हरदयाल ने एक निगाह उसके ऊपर डाली, फिर अपने काम में व्यस्त हो गया। जूतों की खड़खड़ उसके ज्यादा पास आकर रुक गई, लाठी की एक मार उसके कंधों पर पड़ी और वह पीछे की तरफ झुक गया।

"शायद जोश ज्यादा आ गया है या हिम्मत ज्यादा बढ़ गई है, जो ऐसे तेवर दिखा रहे हो, कहाँ है तुम्हारा बाप, बताते हो कि जान से जाओगे ?"

हरदयाल की आँखों में खून उतर आया, मन किया कि सीधा उठे और उसकी जान ले ले, पर अपनी औकात देख चुप रहा। वह दोनों लठबाज डरा-धमकाकर लौट पड़े। एकबारगी वह उठा और उनको मारने के लिए उनके पीछे फिर खड़ा रह गया, उसकी निम्न जाति उसके रास्ते की रुकावट बन गई।

शाम को जब बापू से बात हुई, तो सेठ के आदमियों की बाबत बात उसने बताई। थोड़ा रोष भी जताया, "तुम क्यों उनको मुँह लगाते हो। अपनी उम्र और औकात देखकर बात करो, नहीं तो तुम भी डूबोगे और मुझे भी डुबाओगे।" फिर चिंता की साँस खींचते हुए बोला, "क्यों आए थे ?"

"स्पष्ट कारण तो नहीं बताया, पर शायद कुछ जमीन के बकाए की बात कर रहे थे।" फिर बापू के घुटनों के बीच सर रखकर बोला, "बापू, वह बात क्या है, वे बार-बार क्यों आते हैं ?"

हरदयाल के पिता कुछ देर चुप रहे, फिर गहरी सोच के बाद बोले, "बेटा, मेरी जमीन बंधक है। तुम्हारी दोनों बड़ी बहनों की शादी के वक्त, जब पैसे की जरूरत पड़ी, तो सेठजी से कुछ पैसा कर्ज के तौर पर लिया था, जो अब तक नहीं चुका पाया हूँ। इसीलिए यह खेत तब तक उनके पास है, जब

तक हम कर्ज की रकम सूद सहित वापस नहीं कर देते हैं।" फिर दुःखी होता हुआ बोला, "बेटा, तब तक खेत के साथ हम सब बंधक हैं। हमारी साँसें भी सेठ की गुलाम हैं। वह जब चाहे बंद कर दे।"

हरदयाल के तन-बदन में जैसे आग लग गई। "हमको जब ईश्वर ने स्वतंत्र बनाया है तो वह कौन होते हैं बंधक बनाने वाले। मैं उनको देख लूँगा।" बेटे के तेवर देखकर पिता थोड़ा सहम गए। सदियों से चली आ रही परंपरा को चुनौती देने की हिम्मत का अंजाम वह जानता था। दमन-निरंकुश हो जीने के लिए उसके बेटे को कौन छोड़ेगा। उनकी व्यवस्था ही टिकी थी प्रहार पर। शासक अगर गरम न हो तो उसकी बात कौन मानेगा और उसका दिल दहल उठा। अपने बेटे का मुँह देख उसे अपने भाग्य पर रोना आ गया।

रात को अभी बाप-बेटे भोजन करके आराम करने की तैयारी कर ही रहे थे कि दरवाजे पर ठक-ठक हुई।

"कोई है।" एक कड़कदार आवाज सुनाई दी।

काँपते हुए बूढ़े ने दरवाजा खोला, "कौन?"

"पूछते हो कौन! सुबह खेत पर आकर बुला गए थे, उसके बाद भी इतनी हिम्मत कि सेठजी के दर पर माथा टेकने नहीं आए।"

"बस आ रहा था हुजूर, बाहर चला गया था, अभी लौटा हूँ। बेटे ने आते ही बताया, बस भोजन करके हुजूर आने ही वाला था। गलती हो गई साब।" वह काँपने लगा।

पिता को इस तरह कमजोर पड़ता देख हरदयाल का खून खौल उठा। उसके पिता को कोई कमजोर समझे, सताये, उसकी इतनी हिम्मत—पिता की ताकत तो वह है। वह एक-एक का मुँह नोच लेगा। उसके अंदर प्रतिशोध धधकने लगा। उसका मन किया कि वह आगे बढ़कर उनका मुँह नोच ले, पर वह सिर्फ थूक निगलकर पिता के साथ हो लिया।

सेठजी बड़ी हवेली के दीवानखाने में बैठे मुजरा देख रहे थे, आम बात थी। पुरखों का रिवाज तोड़ पाने का उन्हें कोई विशेष शौक न था। बाप-बेटा दोनों उस अश्लील प्रदर्शन का अनायास हिस्सा बन बैठे थे। हरदयाल तो रह-

रहकर घृणा से सेठ की ओर घूरता, फिर जमीन को ताकने लगता।

भौंडा प्रदर्शन पूरा हुआ। हरदयाल के पिता की पेशी सेठजी के सामने हुई। भगवान् स्वरूप सेठजी ऊँची जाति और खानदान के ऊँचे पाए पर बैठे ईश्वर सदृश ही प्रतीत होते थे। ईश्वर तो रहमदिल है पर सेठ···तौबा।

"क्यों धनपत राय। कुछ ज्यादा ही गरमी चढ़ रही है।" बहुत ही नरम स्वर में पूछा गया प्रश्न भी मानो बकरी को हलाल करने के पहले की-सी स्थिति के समान था।

"नहीं सेठजी···। मैं यहाँ न था।" वह काँपने लगा।

"यहाँ नहीं थे तो कहाँ थे?" फिर वही मीठी आवाज। सेठजी धीरे-धीरे सोफे की मूठ को सहला रहे थे।

"जी···जी···। बेटी को ···बच्चा हुआ है, वहीं गया था।" उसका हलक सूखने लगा।

"बेटी का बच्चा!" आवाज में व्यंग्य था। उसको सुन उसके लगघे-बगघे हँसने लगे। "और यहाँ जो हमारे खेतों में ढेर काम पड़ा है उसको कौन करेगा तुम्हारा बाप।" और सेठजी को क्रोध आने लगा। "हिम्मत तुम लोगों की अब काफी बढ़ गई है। अवज्ञा का अंजाम जानते हो।"

धनपत ने दौड़कर सेठजी के पैर पकड़ लिए। "क्षमा हुजूर, क्षमा।"

सेठजी क्षमा-वमा के मिजाज में नहीं थे। "खोल दो धोती। गरम-गरम लोहे से दाग दो जाँघ।" और हरदयाल के देखते-ही-देखते उसके पिता की जाँघों को दागते देख उसका खून खौलने लगा। क्रोध में लोहे की छड़ हाथ में पकड़ सेठ के चेहरे से चिपका दिया। इससे पहले कि सेठ सँभल पाते वह भाग खड़ा हुआ। सेठ के आदमी भाग कर सेठ को सँभालने लगे। इस हड़बड़ में किसी का भी ध्यान हरदयाल पर न गया। वह बेतहाशा जंगल की तरफ भागा जा रहा था। मौत उसका पीछा कर रही थी और वह जिंदगी की मोहलत चाह रहा था। हरदयाल का पिता बेहोश हो गया।

रात की तीव्रता थी जंगल में, गहनता बिल्कुल हरदयाल के जीवन की तरफ तीखी और तल्ख और अंधकार की तरह गहरी। उसे खुद होश न था

कि वह किस दिशा में आगे चलता जा रहा है। जीवन कभी-कभी दिशाहीन हो जाता है। हवा के झोंके उसे जिधर मोड़ना चाहें मोड़ दें, उसको तो आगे भी मौत दिख रही थी और पीछे भी। मौत से लड़ना और चुनौती देना ज्यादा महत्त्वपूर्ण होता है न कि उसके गले लगाकर वरण करना, क्योंकि मौत को हराकर जो जिंदगी मिलती है उसमें तो पूरा जीवन का रहस्य छिपा रहता है। मौत तो पराजित होकर लजाती है, जीवन उससे कहीं ज्यादा कीमती है।

हरदयाल अदृश्य शेर और चीतों के बीच बढ़ता गया। जंगल में भी अब कहाँ शेर, कहाँ चीते। मनुष्यों के बढ़ते कदम ने काफी प्राणियों को धरा की छाँव से विलोपित कर दिया है। हर तरफ ही मनुष्य। हरदयाल बेहोश होकर गिर पड़ा। वह कितनी देर बेसुध पड़ा रहा इसका उसको भी भान न था। जब होश आया तो कुछ युवकों को कानाफूसी करते हुए पाया।

जंगल गहरा था। सन्नाटा और अंधकार और भी गहरा। शेर और चीते से भरे जंगल में सिर्फ गीदड़ों की आवाज सुनाई पड़ रही थी। धीरे-धीरे मशालों का हुजूम और पास आ गया। हरदयाल को लगा कि अब गया कि तब। अंधकार इतना गहरा कि हाथ को हाथ नहीं सूझता था और उसी में सिर्फ मशालों की रोशनी का प्रकाश चेहरे पर पड़ रहा था। युवक मजबूत कद-काठी के गठीले बदन के थे। उनका जत्था एक गाँव की तरफ आगे बढ़ रहा था।

"कौन है।" एक कड़कदार आवाज ने उसका स्वागत किया। आवाज में इतनी बेरुखी और तल्खी थी कि उसके पूरे शरीर में सिहरन दौड़ गई।

हिम्मत करके बोल पाया, "जी हरदयाल।"

हरदयाल किसी तरह हिम्मत बटोरकर अपनी पूरी कहानी सुनाने में सक्षम हो गया।

उस नेता टाइप आदमी की आँखों में खून उतर आया। हरदयाल एक कदम पीछे हटकर आँख बंद करके मौत का इंतजार करने लगा। इसी क्रम में उसने ईश्वर का स्मरण करना भी शुरू कर दिया। जब काफी देर तक कुछ न हुआ, तो उसने धीरे-से आँखें खोलीं, नेता का चेहरा डरावना प्रतीत हो रहा

था। उसकी पकड़ अपने तमंचे पर कसी हुई थी। शायद अपनी भावनाओं को बटोरकर नियंत्रित करने का प्रयास कर रहा था।

एक भद्दी सी गाली से उसने अपना भाषण शुरू किया, "क्या समझ रखा है इन ठेकेदारों ने, अब भी हम लोगों को इतना सता लेंगे···साले कहीं के। ऐसी खबर लेंगे कि जीवन-पर्यंत होश ठिकाने लगा रहेगा।" वह भद्दा सा व्यक्ति क्रोधवश बोलता रहा। क्रोध में उसका शरीर काँप रहा था। हरदयाल भी डर के मारे काँपने लगा। किसी बड़ी अनहोनी की आशंका में उसका कलेजा मुँह को आ गया। हिम्मत बटोरकर पूछा, "क्या मैं घर जा सकता हूँ?"

बाद में हरदयाल को पता चला कि उस आदमी का नाम संपत था, उसने चीखते हुए कहा, "घर··· ! कायरों के घर, शोषितों के घर, गुलामों के घर। अरे ऐसे घर जाकर क्या करोगे? हिम्मत है तो आओ अपने बाप-दादाओं की यंत्रणा का बदला लो। इज्जत की मौत गुलामी की जिंदगी से लाख गुना बेहतर है। अरे, वहाँ रहकर जीवन भर घास काटते रहोगे, हमारे साथ रहोगे तो संघर्ष कर अपने लिए एक नया जीवन बनाओगे। सोच लो, फिर बोलो।"

हरदयाल जमीन की तरफ देखता रहा। रह-रहकर पिता का चेहरा, उनका अपमान, आक्रोश बन उसके अंदर फूटने लगा। वह जोर से चीखा, "नहीं मेरे पिता का सर अब नहीं झुकेगा। मैं उनको अब अपमानित जीवन नहीं जीने दूँगा। मैं लड़ूँगा, तब तक, जब तक अपना हक नहीं पा लूँगा। बोलिए क्या काम करना होगा?"

संपत हँस पड़ा, "पता चल जाएगा।" और बहुत जल्दी ही उसको भी पता चल गया।

सामने लाशों का ढेर लगा हुआ था। बड़े थे, बूढ़े थे। एक आध बच्चे भी थे। संपत के लोगों ने पूरे गाँव के अंदर प्रवेश किया था। एक वर्ण विशेष को मारकर चलता बना था। सोते हुए लोगों को सुलाने में ज्यादा वक्त नहीं लगा था। हरदयाल की समझ में नहीं आया कि जिन लोगों को मारा गया था, उनकी गलती क्या थी। शायद किसी जाति का होना था, तो भी वह सब बेबस उसकी तरह ही गरीब थे। पर वह यह प्रश्न संपत से न पूछ पाया। कुसूरवार

तो कोई और था, फिर सजा इन निरीह को क्यों? पर उसने संपत से इतना जरूर पूछा—

"बाबा मैं वापस जाना चाहता हूँ…जाऊँ? इतना खून देखकर मन डर गया है।"

संपत बाबा उसको देखते रहे, फिर पास बुलाकर बोले, "बेटा इतिहास गवाह है, बड़े-बड़े युद्ध, बड़ी-बड़ी क्रांतियाँ बिना खून के क्या कभी पूरी हुई हैं। आज तुमने कत्ल किया है, कल को तुमको भी अपने खून का बलिदान करना पड़ सकता है। ये मत भूलो, तुम पूरी कौम की आजादी की लड़ाई लड़ रहे हो। तुम्हारी वीरता पर हम सबकी स्वतंत्रता टिकी है। कायरों की तरह से बात नहीं करो।" फिर थोड़ा सोचकर बोले, "तुम अब भी जाना चाहते हो तो जा सकते हो, पर मत भूलो, तुम्हारा प्रतिशोध अभी पूरा नहीं हुआ है।"

हरदयाल के सामने उन औरतों का बिलखना घूम गया, जिन्होंने अपना पति खोया था। उन माताओं का रुदन, जो अपने बेटों की अर्थी पर गश खा-खाकर गिरी जा रही थीं। उसकी अपनी माँ का चेहरा आँखों के सामने घूम गया। कितने प्यार से वह भोजन बना उसको खिलाती थी। बीमार पड़ने पर वह उसकी देखभाल करती थी। वह माँ को याद कर रोने लगा। उसके कदम अनायास ही माँ की तरफ बढ़ गए। वह इस संघर्ष को नहीं झेल पाएगा। उसके अंतर्मन ने उसको धिक्कारा, किन भावनाओं में वह बह गया। भूल गया पिता का संघर्ष, कौम का संघर्ष, अपना संघर्ष, तू भगोड़ा कहलाएगा, भगोड़ा…। और वह अंदर से आती हुई आवाजों से भागने लगा। वह भाग रहा था अनजान राहों पर, पर वह भागते-भागते फिर संपत बाबा के चरणों में गिर पड़ा।

"बाबा मैं लड़ूँगा, आजादी की लड़ाई लड़ूँगा। इंकलाब जिंदाबाद। सेठ-साहूकार मुर्दाबाद।" और संपत ने उसको गले से लगा लिया।

संपत बाबा बूढ़े हो चले थे और हरदयाल जवान। किसी भी क्रांति को नौजवानों के खून की आवश्यकता होती है। लिहाजा, हरदयाल बाबा की जगह लेता गया। बाबा के साथ क्रांति भी बूढ़ी हो रही थी। वह पहले-सा

जज्बा अब कहाँ था। धीरे-धीरे समूह में संगठन और धन दोनों ही आने लगे थे। धन उद्देश्य को कमजोर करता है और वही हुआ जो धन के आने से होता है। इस क्रांति के नेता अमीर हो गए और कार्यकर्ता फटी बनियान में मात्र सेवक। हरदयाल की जीवन शैली में भी काफी फर्क आने लगा था। गाँव में उसका दबदबा काफी बढ़ गया। कच्ची-मिट्टी का मकान पक्का हो गया। जीवन के स्तर में भी सुधार आ गया। कार्यकर्ताओं को जब भी फुरसत मिलती उसके खेतों पर भी आकर काम कर लेते थे। अब तो खेत भी बंधक से छूट गए थे।

एक दिन हरदयाल गाँव में मोटरसाइकिल से जा रहा था। रास्ते में उसकी भेंट साहूकार की बेटी से हो गई और हरदयाल उसके रूप-लावण्य पर मोहित हो गया। वापस जाकर अपने विश्वासी हीरा से बोला, "साली बहुत ही सुंदर है, किसकी बेटी है?"

"साबजी साहूकार की।"

"जा उठा ला।"

"साबजी...।" हीरा आगे कुछ कहना चाहता था, पर...।

और कार्यकर्ताओं में असंतोष बढ़ गया।

धन और प्रतिष्ठा अपने साथ दर्प लाती है और गुणों का ह्रास। धन के मद को पचा पाना कठिन हो जाता है और वही हुआ। हरदयाल अपने मार्ग से भटक गया। वह जिन सेठों से उनके अवगुणों के कारण चुनौती के लिए खड़ा हुआ था, उसी पाताल में स्वयं गिर गया और उसके खिलाफ असंतोष प्रबल हो गया। शीर्षस्थ के डर से कोई भी मुकाबला कर पाने की हिम्मत नहीं जुटा पा रहा था। पर गुपचुप ढंग से उनके बीच ही एक नेता तैयार हो रहा था, जो नेतृत्व की क्षमता रखता था। वह सही मौके की तलाश में था और आज मानो सही मौका आ ही गया। सेठ के साथ मिलकर उसने हरदयाल की पत्नी की डोली सेठ के यहाँ उतरवा ली। हरदयाल क्रोध और अपमान की ज्वाला में धधक उठा और दूसरे दिन सेठ के यहाँ अपने लाव-लश्कर के साथ धावा बोल दिया। काफी खून-खराबा हुआ। चूँकि सेठ के आदमी इसके लिए तैयार

थे अत: हार हरदयाल की हुई और वह मारा गया।

नेता जिसका नाम मंटू था, मृतकों के सीने पर तांडव कर रहा था। यह उसकी जीत थी, अब वह जातिगत लड़ाई का शीर्षस्थ नेता था।

"हरदयाल की पत्नी का क्या करें?" सेठ ने पूछा।

"अरे कुड़ी है, वही करो जो कुड़ी के साथ करते हैं।" रूपा का रूप-सौंदर्य छिन्न-भिन्न हो गया, वह स्त्रीत्व की लड़ाई हार गई।

वक्त यूँ ही चलता रहता है, संघर्ष होता रहता है। इनसान लड़ाई स्वयं से ही हारता है और बाजी वक्त ले जाता है। आज भी हम अपनी जाति का दंभ भर रहे हैं। सदियों की परंपरा यूँ ही नहीं टूटती।

□

प्रोफेशनल

इस देश की तबीयत विचित्र है। यहाँ पुलिस का अर्थ भगवान् से लगाया जाता है, पुलिस कप्तान तो अपने-आप को विष्णु के अवतार से कम नहीं आँकते हैं। अब जैसे विष्णुजी चाहकर भी समस्त प्राणियों के कष्ट नहीं हर सकते तो उनके बनाए इनसानों की क्या मजाल जो वह समस्त लोगों की दुःख-तकलीफ सुनकर उसका तुरंत निदान दे दें! अरे भाई लोगों को समझना चाहिए कि भगवान् से ऊपर किसी की कल्पना करना भी कोरी मूर्खता है। राम-राम! कितना पाप लगेगा! हमारा देश ठहरा अत्यंत धर्मपरायण देश, तभी तो इस देश में ईश्वर के नाम पर बड़े-बड़े कत्लेआम हो जाते हैं।

लेकिन पुलिस तो पुलिस है। सर्वोपरि, अविनाशी, अप्रतिम, महिमामंडित, आनंददाता, दुःखहर्ता! अरे-अरे, रहम करना, वह तो सर्वज्ञाता भी है। कहीं पर कुछ भी बुरा होने वाला हो इसकी खबर पुलिस को रहती है, जैसे ईश्वर को भी सारी घटनाओं की खबर रहती है, अब यदि ईश्वर कई बार कुछ नहीं कर पाता तो भला पुलिस कैसे कर पाएगी।

हाँ, पर हमारे देश की पुलिस को भूतकाल में किसने क्या किया और भविष्य में कौन क्या करेगा, सबका इल्म रहता है।

भगवान्-पुलिस और उसके भक्त की एक कथा याद आ रही है। शायद कहीं सुनी थी।

राजेन्द्र नगर कॉलोनी में एक दादा है, नाम है मुख्तार सिंह। बड़ी-बड़ी मूँछें, उनसे भी बड़ी आँखें। चेहरे पर चेचक के दाग, ले-देकर छोटा-मोटा डरावना चेहरा। मूँछों को पिलाने और घना बनाने में काफी तेल चाहिए, इसके

लिए पैसा तो चाहिए ही। दिन बीत जाता था कसरत करने में, अब बची रात। बिन पैसे जिंदगी बेकार है, यह उसको पता था। समय कितना मूल्यवान है इसका उसको पूरा-पूरा ज्ञान था। इसीलिए दिन का सदुपयोग वह गाढ़ी कमाई उगाहने में करता था। जिन लोगों ने गाढ़ा कमा-कमाकर रखा है और रात निद्रा देवी की गोद में खर्राटा भरकर सोते हैं तो भला उस धन की सुरक्षा कौन कर पाएगा। दीवाली के दिन भी तो रात भर पहरा देना होता है, तब जाकर लक्ष्मी मैया की कृपा होती है। लक्ष्मीजी का तो वाहन भी उल्लू है, ठेठ निशाचर, उसको तो रात में ही दिखता है—अगर लक्ष्मी को रात में सुरक्षा की जरूरत न पड़ती तो वह काहे ऐसा वाहन चुनती। वह ठहरी चंचला—एक जगह ज्यादा मन नहीं लगता है।

वह इनसान जिसके यहाँ लक्ष्मी आ जाती है वह, यह भूल जाता है कि कितना योग्य वाहन लक्ष्मीजी को प्राप्त है। अगर मूड किया तो रात में भी चल दे सकता है।

मुख्तार सिंह रात में लक्ष्मीजी को ढूँढ़ने में व्यतीत करता और दिन में वह कांटेक्ट बढ़ाता। वह बड़े-बड़े लोगों से गप्पें लगाता और मित्रता बढ़ाता। कांटेक्ट का जमाना था, पता नहीं कब कौन काम आ जाए। इसीलिए मुख्तार सिंह बड़े-बड़े लोगों से संपर्क रखता था। उसी में से एक उस इलाके का दरोगा था। था तो अक्खड़ और मुँहफट, थोड़ा-थोड़ा सिरफिरा भी पर इन सबसे क्या फर्क पड़ता है, आदमी काफी काम का ही था। इधर मुख्तार सिंह का बिजनेस मंदा चल रहा था, आमदनी भी ठीक-ठाक नहीं थी। इलाके में सभी सतर्क हो गए थे, कुछ एक ने तो कुत्ते-बिल्ली पाल लिए।

इनमें कुत्ते तो काफी इफेक्टिव थे, घर की पहरेदारी में, पर बिल्ली थोड़ा भारी थी। घर की रखवाली में जीरो, उलटे चोरी से दूध भी पी जाती थी। एक दिन दरोगा ने आकर पूछा, "क्या मुख्तार दिन भर पड़े-पड़े खाट तोड़ते रहोगे यार।"

"क्या करें साब! कुछ समझ में नहीं आ रहा। इधर तो हफ्ता से ही काम चलाना पड़ रहा है। कहीं चोरी करने का मौका ही नहीं हाथ आ रहा।"

"अरे हाउस नं. सात का चौकीदार कल ही तो आकर कह रहा था कि उसके साहब परसों शादी में गए थे, बहू का काफी सारा जेवर लॉकर से निकालकर ले गए थे, अभी तक अंदर नहीं रखा है। हाथ साफ कर दो, मोटी आसामी है। कुछ दिन ऐश से कट जाएँगे।"

मुख्तार सिंह को लगा कि दरोगा अच्छा दोस्त है। दोस्त हो तो ऐसा जो बुरे वक्त में काम आए, वर्ना बेकार।

"आज रात ही तैयारियाँ कर लेते हैं।"

"हाँ, मैंने चौकीदार से सब पता कर लिया है। सेठ दुकान से शाम को कोई आठ-नौ बजे आता है, घर में सिर्फ दो औरतें और एक छोटा बच्चा रहता है। यह रहा घर का नक्शा।" दरोगा बोला।

"आप तो साब बड़े काम के हैं। मैं भी बाई और दूध वाले से बात कर लूँगा। आप निश्चिंत रहें, सब हो जाएगा। इस काम में मेरा पंद्रह साल का अनुभव है।"

दरोगा मूँछों पर ताव देता हुआ चला गया और मुख्तार सिंह काम में लग गया।

गीता का श्लोक है, 'कर्मण्ये वाधिकारस्ते मा फलेषु कदाचन।' काम की तैयारी वह जी-तोड़ कर रहा था। दिन भर रिसर्च किया गया। मकान का अंदर-बाहर से अध्ययन किया गया।

शाम होते-होते मुख्तार सिंह के दो-तीन परम मित्र भी इस काम के लिए तैयार हो गए। हर चीज, जैसे रस्सी, कट्टा, ओपनर सबकी तैयारी कर ली गई। जैसी जरूरत पड़ी वही करने का निश्चय लिया गया। अगर एक-आध को हलाल भी करना पड़े तो कोई बड़ी बात नहीं। वैसे मुख्तार सिंह ने अभी तक कोई खून-वून नहीं किया था पर उसको करने में हिचकिचाहट नहीं थी। इतनी जनसंख्या में अगर उसके योगदान से दो-चार खल्लास भी हो जाएँ तो देश का भला ही होगा। जनसंख्या नियंत्रण में वह कुछ मदद कर पाएँगे।

अँधेरा घिरते-घिरते वे लोग गंतव्य पर पहुँचे। बाहर गाड़ी नहीं खड़ी थी और एक मोटा-सा ताला लटका हुआ था। उसको समझते देर नहीं लगी कि

सब लोग कहीं बाहर गए हुए हैं। चलो, अच्छा हुआ काम आसान हो गया। वैसे मुख्तार का शरीर जरूर हाथी-सा था पर दिल चुहिया से ज्यादा बड़ा नहीं था। वह तो जीवित चुहिया से भी डरता था। किसी तरीके से ऊपर से कूद-फाँदकर घर के अंदर पहुँच गया। इस पहुँचने के क्रम में एक दरवाजा भी शहीद हो गया, ज्यादा मजबूत नहीं था, शायद मकान मालिक अदूरदर्शी थे और किसी भी इस तरीके के हादसे के लिए समुचित मोर्चाबंदी नहीं कर पाए थे।

जो कमरा बहू का था उसके ताले को कट्टे से तोड़ा गया। अंदर पहुँचने पर नजारा काफी उत्साहवर्द्धक था, शायद हनुमानजी की मनौती काम कर रही थी। उसने हनुमानजी को भी सवा किलो लड्डू खिलाने का वायदा किया था। हनुमानजी का परम भक्त था वह, तो ऐसा वक्त में संकटमोचन की कृपा होना अनिवार्य था।

आलमारी खुली हुई थी। कपड़े अस्त-व्यस्त पलंग पर पड़े हुए थे। उसे सास पर बहुत गुस्सा आया कि बहू को जरा भी नहीं डाँटती है, कुछ भी सऊर नहीं सिखाया है, ऐसी फूहड़ बहू का क्या काम ?

एकाएक उसकी बुद्धि जागी। वह यहाँ शिक्षा या प्रवचन देने नहीं आया है। वह तो धर्म के कार्य से आया है, जो काला धन सेठ ने तिजोरी के अंदर भरा है उसको कुछ हल्का करने। आखिरकार टैक्स देने के कानून का तो इनको पालन करना था। टैक्स नहीं दिया, अब पछताएँ।

यही सब सोचते-सोचते वह तिजोरी के पास पहुँच गया। तिजोरी की चाबी पास की खूँटी पर लटकी हुई थी। तिजोरी खोली, सामने का नजारा देखकर तो उसकी हृदय गति रुकते-रुकते बची, वैसे रुक भी जाती तो कोई बड़ी बात नहीं थी। इतना जेवरात देखकर तो बड़े-बड़े बेहोश हो जाते। अब दो-चार महीने उसको काम करने की जरूरत नहीं पड़ेगी, लंबा हाथ साफ किया था।

सब-कुछ आसानी से बटोरकर वह बाहर आया। इसी बीच उसके कान में मेन गेट खुलने की आवाज आई, लगता है मकान मालिक आ गया। वह छत से दूसरे घर में कूद गया।

बहू ने घर के अंदर कदम रखा तो अपने घर का हाल देख चिल्लाई, "माँ मेरे कमरे की लाइट जल रही है।" उसका दिल अब कुछ धक्-धक् करने लगा। वह भाग कर अपने कमरे में गई और तिजोरी का नजारा देख गश खाकर गिर गई।

उसके मुँह से बस इतनी-सी चीख निकली 'माँ' और आवाज गले में अटक गई।

सास दौड़ी-दौड़ी आई। बहू का जेवर चला गया यह सोचकर पहले-पहल तो थोड़ी स्त्री-जन्य प्रसन्नता हुई।

चलो अच्छा हुआ-सब माँ का था। बड़ा घमंड था न उन जेवरों पर, चोर ले गए। कितना समझाया कि दिखावेबाजी कम कर, पर माने तब न!

फिर अफसोस हो आया। आखिर है तो मेरी ही बहू। उसका नुकसान मेरा भी तो नुकसान है।

हिम्मत करके पुलिस को फोन लगाया। उधर पुलिस का फोन टनटनाया। कड़कती आवाज आई, "कौन, यह पुलिस स्टेशन है, खामख्वाह लोग परेशान कर देते हैं।"

दरोगा फोन रखने ही वाला था कि आवाज आई, "सर, मेरे घर में चोरी हो गई है।"

"तो?"

"रपट लिखवानी थी।"

"पहले नहीं लिखवा सकती थी। अब जब चोरी हो गई तो हमारा वक्त बरबाद कर रही हो। चोर है कि भाग गया?"

"अगर चोर होता सर तो आपको फोन ही क्यों करते? काफी जेवर लेकर भाग गया है।"

"ओ अच्छा, पता।"

पता सुनते ही दरोगा की बाँछें खिल उठीं। मन ही मन सोचा, चलो काम ठीक से हो गया। मुख्तार सिंह भी भाग गया।"

"हम अभी पहुँचते हैं।"

इस बीच में बहू को भी होश आ गया। वह बाहर दौड़ी हुई गई और 'चोर-चोर' चिल्लाने लगी।

उसकी आवाज सुनकर पूरा मुहल्ला इकट्ठा हो गया। मदद के लिए तो कोई आगे नहीं आया, पर अब सबके सब मजा ले रहे थे। इतनी मसालेदार घटना हो गई थी कि उन्हें महीनों तक बात करने का शीर्षक मिल गया।

इसी बीच कोई आधा घंटा विलंब से पुलिस आ गई, साथ में दो बड़े-बड़े कुत्ते थे। आते ही दरोगाजी के कड़े निर्देश शुरू हो गए-किसी चीज को हाथ नहीं लगाना। सब बाहर खड़े हो जाएँ। इसी बीच उसकी पारखी निगाह हर उस चीज पर जा रही थी कि कहीं मुख्तार सिंह कोई सुराग तो नहीं छोड़ गया है। जब वह सब तरफ से निश्चिंत हो गया तो आराम से उसने कार्रवाई शुरू कर दी। एक-एक चीज को डंडा चलाकर ठोंका। वह तो गनीमत थी कि डंडा धीरे से चला नहीं तो इतने भारी नुकसान के बाद दो-चार चीजें और टूटतीं। बहू की सास अपने को दिलासा दे रही थी कि शुक्र है जो गया सो गया, अब उसके आगे कुछ न टूटे।

अनुसंधान कार्य तेजी से चल रहा था! खोजी कुत्ते अंदर घूम-घूमकर चीजें सूँघ रहे थे। अब पता नहीं, वह खाने को सूँघकर भौंक रहे थे या फिर उनको सोफे के नीचे कोई चूहा नजर आ गया था जिसको पकड़ने की फिराक में थे। ये अच्छे-खासे तन्दुरुस्त कुत्ते थे, माशा अल्लाह, क्या कद-काठी से ईश्वर ने उनको नवाजा था। दो-चार आदमियों का तो खाना वह इकट्ठे ही खा जाते थे। उनको देखकर अच्छे-अच्छे आदमी की सिट्टी-पिट्टी गुम हो जाती थी, पर चोरों को कोई फर्क नहीं पड़ता था। पड़े भी कैसे, कुत्ते तो अच्छे-खासे कद्रदान प्राणी हैं, जिसका खाते हैं उसी का बजाते हैं। अब चोरों की कमाई खाएँगे तो प्यार से तो उनके लिए दुम हिलाएँगे ही!

जब दरोगा जी काफी घूम-फिर लिए, हर चीज को टटोल लिया और उन्हें यकीन हो गया कि लोगों को अच्छे तरीके से बेवकूफ बना लिया है तथा अब तक मुख्तार सिंह इलाके से भाग गया होगा तो बोले-

"चोर कोई बड़ा शातिर आदमी था। रपट लिखवा दीजिए, पर चिंता मत

कीजिए, बच के जाएगा कहाँ, साला पकड़ा जाएगा, जेल में चक्की पीसेगा तब अक्ल आएगी, साले चोरी करते हैं।"

खानापूर्ति करके दरोगा जी बाहर निकले, साथ में दोनों बुलडॉग भी थे। दरोगा जी गाड़ी में बैठे, सबने उनको घेर लिया। दरोगा जी को लगा कि इतनी भीड़ तो नेताजी के आगे-पीछे रहती है। उनको अपना कद थोड़ा और ऊँचा लगा। सबको समझा-बुझाकर गाड़ी में बैठ गए।

मालकिन से बोले "आप निश्चिंत रहें। चोर बच के जाने नहीं पाएगा। अपने आपको ज्यादा स्मार्ट समझता है। बीच-बीच में मिलते रहिएगा और अगर आपको किसी पर शक जा रहा हो तो जरूर बताइएगा। हमें खोजबीन में मदद मिलेगी।"

दुआ-सलाम करके गाड़ी आगे बढ़ गई।

थाने में गाड़ी पहुँची तो सारे मोबाइल सिपाही को उतार दिया दरोगा जी ने, "जरा मैं रात में गश्ती कर लूँ। शायद कुछ सुराग लगे। यह केस स्टेशन-डायरी में लिख तो, मैं आकर देख लूँगा।"

"जी सर।"

दरोगा जी ने गाड़ी गली के कोने की तरफ मोड़ दी। भगवान चल पड़े भक्त के द्वार। मुख्तार सिंह के अड्डे पर सन्नाटा था। दरोगा का दिल धड़का।

मन में ख्याल आया कि कहीं इतना बड़ा हाथ मारकर नीयत तो नहीं खराब हो गई। नहीं, ऐसा नहीं होगा। आदमी तो ईमानदार है। चोरी करता है तो क्या, पर ईमान का ठीक है। निगाह में गैरत है। फिर भाग के जाएगा कहाँ। आगे भी तो जरूरत पड़ेगी। पास पहुँचकर मुख्तार सिंह को देखकर उनकी साँस में साँस आई। वह खटिया पर बेसुध पड़ा था। लगता है ज्यादा चढ़ा ली थी। वैसे भी धन और मदिरा का नशा होता ही ऐसा है जो इनसान की सुध-बुध खत्म करके अपने ही आगोश में ले लेता है और इनसान बाहरी दुनिया से कट जाता है, रह जाती है सिर्फ पिपासा-धन और सिर्फ धन की। दरोगा जी भी टेबल पर पड़ी हुई बची कुची गट्क गए। लंबा हाथ मारा था। रात तो अभी बाकी थी।

□

तलाश

वह सघन वन में भटक रही थी—कब से, शायद इसका उसको भी ज्ञान नहीं था। लेकिन यह भटकाव था या तलाश थी? उसको किसकी तलाश थी, वह तरुणी इससे अनभिज्ञ थी। पर वह इतना जानती थी कि वह भटक रही थी। यह भटकाव उसके मन की चाह से उपजी कोई गहरी संवेदना थी, और वह अपने को अपूर्ण समझ रही थी। स्त्रीत्व की संपूर्ण मंजिलों को पाकर भी वह अपूर्ण थी। हर क्षण उसको ऐसा प्रतीत होता, मानो उसका कुछ छूट-सा गया था। कुछ हिस्सा शायद वह बहुत पीछे छोड़ आई थी और आज वापस जाकर उसको पकड़कर वह अपना बनाना चाहती थी। पगली थी, बेचारी। जो पीछे रह जाता है, उसे कोई चाहकर भी कहाँ पकड़ पाता है! वह तो अतीत का एक अभिन्न हिस्सा बन जाता है। और यह सत्य है कि जो चीज अपने से हट गई या अपने से छूट गई, वह एक अनंत में विलीन हो जाती है। उसी अंधकार में शायद वह बहुत पहले अपने को खो चुकी थी। आज की उसकी खोज निरर्थक नहीं, तो फिर क्या थी? वह जिद्दी थी, जो स्वयं को कष्ट देकर अपने खोए हुए कल के कुछ पन्नों को पकड़ने की चाह आज भी अपने भीतर कहीं गहरे में सँजोए हुए थी। हाँ, शायद उसने किसी वृक्ष की छाँव के नीचे अपनी खोई हुई वस्तु को आवरण में ढका देखा था। हाँ, उसकी निगाहें धोखा नहीं खा सकतीं। उसने हवा से आवरण को हटते देखा था। हाँ, वही तो था, अभी तो था, यहीं तो था। बहुत दूर भी उड़ेगा, तो हवा में इतना बहाव न था कि वह उस वस्तु को बहुत दूर तक पहुँचा दे। यहीं कहीं होगा और उसके समीप होने की आहट से ही उसके कदमों में तेजी आ गई।

मंजिल करीब देख ऐसे भी उत्साह बढ़ जाता है और कदम तेज हो जाते हैं। वह भी द्रुत गति से आगे बढ़ने लगी। तभी एक छाया-सा दृश्य क्षण-प्रतिक्षण उसके पास आता प्रतीत हुआ, वह एक मृग था। दूर से उसे वह अकेला खड़ा प्रतीत हुआ, पर नहीं, उसके पास आने पर दृश्य काफी स्पष्ट और सुंदर था। एक माँ अपने छौने को स्तनपान करा रही थी। हाय रे, मातृत्व! सारा ब्रह्मांड इसी के इर्द-गिर्द सिमट-सा जाता है। सहसा उसके कदमों में भी जैसे बेड़ियाँ पड़ गईं। अपनी निरर्थक यात्रा का उसको जैसे ज्ञान हो गया। चलने से पहले, वह अपने अबोध बच्चों को सोता छोड़ आई थी। उसके हृदय ने उसको धिक्कारा। हाय री, अबला नारी! तू कितनी निर्दयी है? माँ का हृदय भी कहीं इतना कठोर होता है? अरे, तूने ऐसा सोचा भी कैसे कि बच्चे तेरे बिना रह लेंगे? कहीं प्रकृति में कोई माँ अपने बच्चों को अकेला छोड़ देती है? माँ एक दायित्व ही नहीं, एक उपलब्धि है। एक समर्पण और त्याग ही नहीं, एक संपूर्णता है, लेकिन वह इतनी आसानी से उसका तिरस्कार कर निकल पड़ी, अपने वजूद की खोज में।

वह 'धम्म' से एक वृक्ष की ओट में बैठ गई। अपने छौने के लिए उसका मन कलप उठा। उसके भी घर में दो बच्चे हैं। उसने उनको छोड़ने का कैसे मन बना लिया? धिक्कार है उसके स्त्रीत्व पर, जो घर छोड़कर वह इस सघन वन में भटकने के लिए आ गई और वृक्ष-वृक्ष, डाली-डाली वह स्वयं को खोज रही है। एकबारगी मन किया कि वापस लौट चले और वह मुड़ी भी, पर पेड़ों से टकराकर रोशनी का एक तिलिस्म उसे दूर कहीं दूर नजर आया। एक सुनहरा तिलस्म, एक अजीब-सा जादू, एक अलौकिक कशिश। यह तिलिस्म कुछ-कुछ उसके बचपन के सपनों-सा हकीकत बन उसे दूर, कहीं दूर, पर स्पष्ट नजर आ रहा था। वह इसी को तो ढूँढ़ने निकली थी। शायद वही उसका अपना था। अभी तक तो वह सिर्फ भटकती रही थी, पर अब वह उसको पाकर ही रहेगी। मंजिल के इतने करीब आकर अब वह वापस नहीं जाएगी।

घर जाते हुए उसके कदम रुक गए। मन में हूक-सी उठी वापस मुड़ने

के लिए, पर वह तिलिस्म उसके ऊपर जैसे एक जादू-सा कर गया था। वह उसको पाना चाहती थी। उसी तिलिस्म की तलाश में तो वह बचपन से भटक रही थी। बचपन में भी उसने उसको पाना चाहा था, पर बाबूजी की एक कड़ी निगाह मानो सबकुछ कह गई थी। उसके सपनों के महल को चूर-चूर कर गई थी।

"अरे, तुलसी की माँ! हमारे घरों की लड़कियाँ भी कहीं नौकरी करती हैं और नाच-गाना—उसका तो दूर-दूर तक सवाल ही नहीं उठता। अरे! कोई तवायफ का कोठा तो हमने नहीं खोल रखा है ना, फिर यह सवाल कहाँ से पैदा हुआ? अरे, भले घर की लड़की है, चुपचाप हाथ पीले करो और जिम्मेदारी से मुक्त हो जाओ।"

माँ ने हामी भर दी थी। औरतों की तो मौन स्वीकृति ही हामी का पूर्ण संकेत है। शायद सदियों से चुप रहते-रहते औरत बोलना ही भूल गई है। उसने औरतों को तो खूब बोलते सुना है, पर वही व्यर्थ की बात, जिसका जीवन से कोई लेना-देना नहीं। औरतों को ऊल-जलूल के वार्त्तालाप में व्यस्त करके उसके सोचने की संपूर्ण क्षमता पुरुष ने खत्म कर दी है और उसकी माँ इसका अपवाद नहीं थी। शायद औरतों के पास दिमाग भी होता है, उनको इस बात का ठीक से ज्ञान नहीं होता।

"तुम औरतें भी बस रहोगी निरी मूर्ख-की-मूर्ख। अरे, जब कुछ नहीं समझ में आता, तो बहस पर उतारू हो जाती हो!"

तुलसी की माँ बहस न कर पाई। सिर्फ आँख के पोरों में फँसे हुए पानी को धोती के पल्लू से सोख लिया और उसी पानी में उसका सपना पानी-सा बनकर बह गया।

"जा बेटी, तेरी नियति भी आम औरतों जैसी है। मैं चाहकर भी तेरे जीवन की दिशा और दशा न बदल पाई!"

उस शाम दीवाली के पकवान छानते हुए उसकी माँ का कलेजा फट पड़ा। जो अविरल धारा आँसू की गिरी, उसमें समूचा फँसा हुआ तूफान तेजी से बह गया। उसमें से एक बूँद छिटककर तुलसी के दामन में आकर फँस

गई। उसकी आत्मा चीखी, "माँ, मुझे बचा लो। मैं पढ़ना चाहती हूँ। मैं अपने पैरों पर खड़ी होना चाहती हूँ।"

चीख का एक-एक शब्द घुटकर गले की परिधि में ही दफन हो गया और आज तक वह वहीं फँसा हुआ है। उसने मोती-सी बूँद को अपनी मुट्ठी में कसकर बंद कर लिया था। आज भी मुट्ठी की कैद में एक स्वप्न बन वह छटपटा रहा था, मानो उसकी आत्मा उस बूँद में कैद हो गई है और छटपटाकर अपना पिंजर छुड़ाना चाहती है।

उसी साल तुलसी की शादी हो गई और उसका तिलिस्म-सा सपना मानो विवाह के बंधन में बँध गया। शादी की पहली रात वह चीख पड़ी। उसका वजूद तहस-नहस होकर टुकड़ों-टुकड़ों में बँट गया था और उसमें से सड़े माँस की गंध-सी आ रही थी। उसकी बगल में वह पुरुष सोया हुआ था, जिसको समाज में वह गर्व से अपना पति कहती थी और जन्म-जन्म के पवित्र बंधन में अपना सबकुछ न्योछावर कर देती थी। उस रात उसका स्वयं से प्रश्न था कि वह कौन है—एक संपूर्ण औरत या विखंडित व्यक्तित्व? उसकी चीख बगल में सोते हुए पुरुष के खर्राटे में दबकर मर गई और उसकी भीगी आँखों का पानी उसकी मुसकान की गिरफ्त में कैद हो गया। अब पुरुष का अट्टहास होगा और नारी का समर्पण। शायद नारी और पुरुष के बीच के संबंधों का सत्य मात्र समझौता ही है। पुरुष के हित में समस्त शर्तें और उनकी अवमानना पर औरत की पिटाई। तुलसी ने इस समझौते को अपने सपनों की चिता पर स्वीकार कर लिया था, पर अब नहीं। शायद हर अति का एक अंत होता है।

आज उसके उठे हुए कदम रुक गए। नहीं, वह वापस नहीं जाएगी। वापसी का मार्ग तो वह स्वयं ही बंद करके आई थी। अब तो उसको इस वन में आगे ही बढ़ते जाना है। हाँ, उसने घर के द्वार बहुत धीरे से बंद किए थे, पर उसकी प्रतिध्वनि बहुत दूर तक सुनाई दे गई थी। औरत का चहारदीवारी के अंदर बंद होना एक एहसास है, पर उसके बाहर आना एक साहसिक कदम। आज वह लक्ष्मण रेखा पार करके इस वन में प्रवेश कर गई थी और उसकी

नियति बन गई थी, तब तक चलते ही जाना, जब तक वह उस मृग-मरीचिका तक नहीं पहुँच जाती, जिसकी खोज में वह बचपन से भटक रही थी। आगे फैला हुआ एक भयानक वन था और बचपन में उसकी माँ भी डराती आई है। लड़कियों को वन में ऐसे ही इधर-उधर नहीं भटकना चाहिए। शेर और भेड़ियों की कहानी सुन-सुनकर उसका बचपन बीता है और उसे वाकई जंगली जानवरों से डर लगता है। उनकी लाल-पीली आँखें और लपलपाती जीभ से वह आतंकित होती है। उसे मौत का इतना भय नहीं, मौत तो फिर भी मुक्ति है, पर लहूलुहान होने का खतरा अधिक है और वह अपाहिज होकर नहीं जीना चाहती। औरतों के नसीब में तो मरना भी आसान नहीं। मुक्ति की चाह भी सीमित राहों पर आकर समाप्त हो जाती है। मौत हमेशा आसान रास्ता नहीं होता और न ही एकमात्र विकल्प। वह जीना चाहती है और जीवन में संघर्ष ही एक चुनौती है।

तुलसी ने यह चुनौती स्वीकार की थी। उसने अपनी माँ को मरते हुए देखा था, नानी को भी, पर वह मरना नहीं चाहती थी और जीने के लिए तो उसे घर की चहारदीवारी लाँघने का साहस करना था। यह साहस उसमें कहाँ से आ गया, यह उसे भी नहीं ज्ञात था। शायद साहस कहीं कोने में दुम दबाकर पड़ा हुआ था और आज अनुकूल हवा पाकर प्रस्फुटित हुआ था। उसे स्वयं पर आश्चर्य हो रहा था और इस एहसास के बाद वह अपने से भागने लगी। उसे अपना 'स्वयं' ही भयभीत कर रहा था। वह बदली-बदली नजर आ रही थी और यह बदलाव विस्मयकारी था। सदियों से औरतों में कोई बदलाव नहीं हुआ था और बदलाव की प्रक्रिया स्वयमेव कष्टकारी है। शायद सर्प को केंचुल छोड़ने में भी दर्द का एहसास होता होगा, वह तो मानवी थी। वह भी छटपटाई थी। अपने बाह्य रूप का वह तिरस्कार नहीं करना चाहती थी। यह छटपटाहट उसके जीवन का एक अभिन्न अंग बन गई थी और उस छटपटाहट का अंत उस तिलिस्म को पाना था। उस इंद्रधनुषी छटा में वह अपने को डुबोकर नया रूप अख्तियार करना चाहती थी।

रास्ता कठिन था और डगर ऊबड़-खाबड़। इस पर उससे पहले कोई

चला भी नहीं था। नई राहें हमेशा भय पैदा करती हैं। अब वह तिलिस्म ज्यादा दूर न था और वह हर हाल में उसको पाना चाहती थी। थोड़ी दूर चलने पर दोनों तरफ घने पेड़ों की छाया अंधकार पैदा कर रही थी। रास्ता भी गहरा और भयावह प्रतीत हो रहा था। झाड़ियों की ओट में से यदा-कदा रोशनी सदृश झाँकती हुई आँखें दिखाई दे रही थीं। हर एक उजाला उसकी हड्डी तक गला जाता था। नीचे से ऊपर तक एक सिहरन पैदा होती और वह काँप जाती।

अभी वह थोड़ा ही आगे बढ़ी थी कि सहसा पैर में कुछ चुभा और एक घुटी-घुटी चीख उसके मुँह से निकल गई। पैर में तीक्ष्ण दर्द होने से वह जमीन पर बिछ गई। वह अभी छटपटा ही रही थी कि पेड़ों की झुरमुट में कई जोड़ी आँखें चमक उठीं और अँधेरे में उनकी रोशनी से सहसा तुलसी चौंक पड़ी। हर तरफ खतरा था और उसकी जान पर बन आई। जान है तो जहान है। बाकी उपलब्धि के तो कोई मायने नहीं रह जाते। वह दर्द के बावजूद झट से उठी और कराहते हुए भागी। दिशा का उसको पता न था। सामने तिलिस्म था और पीछे परिवार, पर वह दिशा और दशा देखकर नहीं भाग रही थी। भागना उसकी मजबूरी थी। नहीं भागेगी, तो काल के गर्त में गिर जाएगी। थोड़ी देर भागने के बाद उसको लगा कि वह नाहक ही भाग रही है। रोशनीनुमा आँखें अंधकार में विलीन हो चुकी थीं। अब पीछे गहरा अँधेरा था। सामने भी पथ पर अंधकार छाया हुआ था, पर उसकी इच्छाशक्ति प्रकाश का कार्य कर रही थी। वह उसकी ही लौ में आगे बढ़ी चली जा रही थी। आगे बढ़ना, मानो उसकी नियति मात्र थी। वैसे भी जीवन-चक्र की एक निश्चित धुरी होती है। एक बार जो तीर अपने कमान से छूट जाता है, वह गंतव्य पर पहुँचकर ही दम तोड़ता है।

जीवन में अंधकार और प्रकाश तो क्रमवत् आते ही रहते हैं। यह तो शायद जीवन-चक्र है, फिर अंधकार से क्या डरना ? वैसे भी तुलसी ने जीवन में इतना अंधकार देखा था कि थोड़ा सा ज्यादा अंधकार उसको किंचित् मात्र भी भयभीत नहीं कर सकता। औरत का पूरा वजूद ही अंधकारमय है। तभी तो वह प्रकाश की खोज में है। वह मृग-मरीचिका के हर क्षण-प्रतिक्षण पास

पहुँचती सी प्रतीत होती थी। पर हर बार उसे हताशा ही हाथ लगती। वह मरीचिका थोड़ा और आगे बढ़ जाती।

रास्ते में उसे सियार की आवाज सुनाई पड़ी। उसका हौंकना अंदर तक कँपकँपी पैदा कर गया। तभी उसे कहीं दूर मरीचिका के पास शेर-सा कोई जानवर प्रतीत हुआ। उसकी तो घिग्घी बँध गई। हे भगवान्! धरती फट पड़े और वह उसमें समा जाए। अब वह एक कदम भी आगे नहीं जाना चाहती थी। वह वापस मुड़ी, पर पीछे की तरफ भी उसे भेड़ियों का झुंड आता प्रतीत हुआ। हे भगवान्! अब तो सब तरफ मौत-ही-मौत है। भेड़ियों से बचती है, तो शेर खा जाता है और शेर से तो···। शेर तो सिर्फ भूखा होने पर ही मारता है, पर भेड़िए तो दरिंदे होते हैं। वह तो सिर्फ शिकार के लिए शिकार करते हैं। बोटी-बोटी नोचकर फेंक देते हैं। एक सिहरन उसके शरीर में दौड़ गई। चारों तरफ तो औरत के जीवन में सिर्फ भूखे दरिंदे ही हैं। वे इस मौके की तलाश में रहते हैं कि कैसे औरत के जिस्म के टुकड़े-टुकड़े करके अपनी अतृप्त भूख को शांत करें। सिर्फ शिकार के लिए शिकार करते हैं—भूख के लिए नहीं।

अब तो उसमें भाग पाने की शक्ति भी नहीं बची। उसकी आँखों के आगे अंधकार छा गया। धरती डोली और वह गिर पड़ी—चारों खाने चित। बेजान-सा शरीर धरती पर गिर पड़ा। सब तरफ मानो तिलिस्म 'खुल जा सिमसिम' सा फट पड़ा और तेज रोशनी चारों तरफ फैल गई।

जब उसकी आँख खुली, तो वह अपने घर के बिछावन पर थी। बगल में पति खड़ा पंखा झल रहा था। बेटी पानी का रूमाल गीला करके सिर पर रख रही थी और बेटा पैर का तलवा हाथ से घिस रहा था। गरमाहट उसके सारे शरीर में घुस रही थी। धीरे-धीरे कँपकँपी रुकने लगी। स्थिति नियंत्रण में थी और अब घबराने की कोई बात न थी। गरमाहट से उसको हल्की सी निद्रा आने लगी। अचेतनावस्था में वह पुनः उस मृग-मरीचिका के समीप थी। उसका वजूद पेड़ पर टँगा हुआ मुक्त होने के लिए छटपटा रहा था। उसने उचककर उसे पकड़ना चाहा। अभी उसका हाथ लपका ही था कि नीचे से एक भेड़िए ने उसकी टाँग पकड़ ली। वह दर्द से कराही। इसी क्रम

में, वह वजूद उसके हाथ से छूटकर अनंत आकाश की असीमित ऊँचाइयों में हमेशा–हमेशा के लिए मानो खो गया। वह अपने को बचाने के क्रम में तिलिस्म के ऊपर गिरी। काँच का होने के कारण वह टुकड़े–टुकड़े होकर टूट गया। भेड़िया अभी उसको नोच–नोचकर खा जाता, पर शुक्र है कि यह एक दिवास्वप्न मात्र था। जो खौफनाक बनने से रह गया। वह अब तक अचेतनावस्था से चेतनावस्था में आ चुकी थी। अब जो थोड़ी–बहुत गुंजाइश बाकी थी, वह भी खत्म हो चुकी थी। उसका जो होशो–हवास गुम हो गया था, वह वापस आ चुका था।

औरत का जीवन ही एक तिलिस्म की खोज है और उसका वजूद अनंत की अनिश्चित सीमाओं में बँधा हुआ है। वह सदैव उसको खोजती रहती है। उसका वजूद स्वयं एक प्रश्नरूपी जीवन बन जाता है।

शायद हर औरत को जीवन रूपी मरीचिका में अपने वजूद की तलाश है।

□

सफर

स्टेशन पर ट्रेन आकर रुकी। सब तरफ अफरा-तफरी सी मच गई। कुछ लोग गाड़ी में चढ़ रहे हैं, कुछ उतर रहे हैं। किसी को अपने रिश्तेदारों से मिलने की खुशी तो किसी को बिछुड़ने का गम। अनजान चेहरे, अनजान राहें, पर उनको बाँधती थी एक डोर, यह ट्रेन। शायद कुछ-कुछ हमारी जिंदगी-सी, जिसमें अनजान लोग किस तरह इस सफर में साथ हो लेते हैं और किस तरह बिछुड़ जाते हैं, कभी न मिलने के लिए।

एक वृद्ध सज्जन, अब वृद्ध भी क्या कहेंगे, पर अधेड़ तो जरूर प्रतीत होता था, बदन से तो उम्र ज्यादा महसूस नहीं हो रही थी, पर चेहरा जरूर उम्रदराज था। गरीबी का सबसे दुखद पहलू है कि वह भूख को उम्र, शरीर और चेहरे पर ले आती है।

उसकी आँखों में एक सूनापन आकर ठहर गया था। अब उसकी आँखें किसी को ढूँढ़ नहीं रही थीं, न ही कोई उसको ढूँढ़ रहा था। पर इस शहर से वह अपरिचित न था।

ट्रेन से उतरकर वह एक खंभे से सटकर बैठ गया। अपने बगल में उसने एक मैला-कुचैला सा बैग रख दिया। कहीं जाने की उसको हड़बड़ी नहीं थी। पर वह इस शहर में कुछ सोचकर आया था। किसी से मिलने आया था।

हाँ, यह शहर तो उसका अपना था। उसके अपने यहीं रहते थे। उसके बेहद अपने, उसके बीवी और बच्चे और वह भी तो उन्हीं से मिलने आया था। पर क्या वह उनसे मिल पाएगा ? वह थक गया था, जिंदगी की आपाधापी

से टूट गया था। एक हताश इनसान क्या किसी का पिता या पति हो सकता है? इस सोच में एक अकेलापन था, एक ठहराव था और उससे भी अधिक एक निस्तब्धता, एक शून्यता। वह सबसे मिलकर चला जाएगा।

बचपन उसका कितना अच्छा था। कष्ट थे, आर्थिक तंगी थी, पर सपने थे। उन सपनों को पूरा करने की ललक थी। एक निम्न-मध्यवर्गीय परिवार में उसका जन्म हुआ था। वह पाँच भाई-बहनों में सबसे बड़ा था। उसके पीछे चार बहनें थीं। पिता एक मामूली सी प्राइवेट फर्म में क्लर्क थे।

स्वप्न रहित एक सीधी-सपाट जिंदगी, जिसमें खुशियाँ कभी-कभी ही हौले-हौले दस्तक देती थीं, पर दुःख तो सहोदर की तरह हमेशा गले ही लगाए रहता था। बड़ा होने के नाते उसने अकसर इस दर्द को बड़ी शिद्दत से महसूस किया था।

उसकी माँ अकसर बीमार रहती थीं। दमा था, क्योंकि जब कभी वह बेदम होतीं तो कई दिनों तक बिस्तर को पकड़ लेतीं। उसके पिता ज्यादातर ऑफिस में ही व्यस्त रहते थे। प्राइवेट फर्म में जितना पैसा न था, उससे अधिक काम था और वे बेचारे सीधे-सादे आदमी। कोई भी यार-दोस्त अपना काम उनके ऊपर डालकर ऐश करता था।

पर उसने घर का सारा काम बड़े अच्छे से सँभाल लिया था। सँभाल क्या लिया था, सँभालना पड़ गया था, क्योंकि जब जिंदगी में मजबूरी सिर पर आती है तो अपने को हालात के अनुरूप ढालना पड़ता है, हालात हमारे अनुरूप नहीं ढलते। कुछ बखूबी सँभाल लेते हैं और कुछ उनसे लड़ते ही रह जाते हैं। खैर, उसने उफ् तक न की।

स्कूल और घर के बीच में पिसते हुए उसने एक सपना देखा था और वह था—फोटोग्राफर बनने का। उसके घर के पास ही फोटोग्राफर रहते थे व उसके पिता के हमउम्र थे, पर जब से उसने उनके पास जाना शुरू किया था, तब से उन दोनों में अच्छी घनिष्ठता हो गई थी। वह खाली वक्त में उनके लैब में भाग जाता और उनसे फोटोग्राफी के गुण सीखता। शायद उन रंगीन फोटोग्राफ के माध्यम से वह दूसरों की रंगीन जिंदगी को जी लेना चाहता था।

वह कैमरे में बंद कर लेना चाहता था, जो भी हो उसने वीराने में एक सपना पाल लिया था।

धीरे-धीरे उम्र भी बीतती गई और जिम्मेदारियाँ भी बढ़ती गईं। जिम्मेदारियों के कारण उसने शौक को ताक पर रखकर नौकरी की तलाश शुरू की। अब मनचाही जगह पर नौकरी तो मिलती नहीं, तो उसका एक परिचित उसको उड़ीसा ले गया। वहाँ एक सीमेंट फैक्टरी में मजदूर की नौकरी मिल गई। अपने मित्र की चाल में ही वह रहने लगा; क्योंकि इससे ज्यादा जगह का इंतजाम वह अपने लिए जिंदगी में कभी कर भी नहीं पाया। जो पैसे होते थे, उनको वह पूरा-का-पूरा घर भेज देता था। और अपने खाने-खर्चे के लिए वह शाम को एक होटल में वेटर का काम करता था। कुछ पैसे भी हो जाते थे और कम-से-कम एक टाइम भरपेट भोजन। पूरे दिन की फाकामस्ती वह शाम को भूल जाता था। और रात ढलते-ढलते वह सबकुछ भूल निद्रा के आगोश में डूब जाता था। सारे सपने उस नींद के साथ ही स्याह रंग अख्तियार कर लेते थे।

कब उसकी शादी हुई और कब बच्चे, ये सोचने की फुरसत भी उसको न मिली। बीवी को कहाँ उड़ीसा ले जाकर रखता। वहाँ तो उसके अपने जगह नहीं थी। यहाँ कम-से-कम माँ के पास सिर छुपाने के लिए छोटा ही सही, पर इज्जतदार आशियाँ तो था। बीच-बीच में छुट्टी मिलने पर वह घर आ जाता था, अपनों के बीच।

वक्त तो एक रफ्तार से भागता चला जाता है। रुकता नहीं। रुकती तो हमारी जिंदगी है। वह थम जाती है, वक्त आगे बढ़ जाता है। कुछ ऐसा ही उसके साथ हुआ। कब बचपन बीता, होश ही न रहा। कब जवानी के दिन बीतने लगे, पता न चला। पता तो तब चला, जब बेटा थोड़ा बड़ा हो गया। इस बार वह काफी खुश घर पहुँचा था। दीवाली पर बोनस मिला था। उससे पहली बार उसने अपने परिवार के लिए कपड़े लिये थे। बहनों की जिम्मेदारियों से भी वह इसी साल फारिग हुआ था।

जब वह घर पहुँचा तो बेटा घर पर न था। बीवी को तेज बुखार था।

उसकी दवा लाने गया था। छोटी बेटी, जो कि करीब दस साल की थी, खाना पका रही थी। अम्माँ दूसरे पाटे पर बैठकर सब्जी काट रही थीं।

"क्या हुआ सावित्री ?" अपनी पत्नी को उस हालत में देखकर अंदर का सारा प्यार उमड़ आया।

"क्या बताएँ, पिछले तीन दिनों से काफी तेज बुखार है, उतरने का नाम ही नहीं ले रहा है। बिट्टू सामनेवाले डॉक्टर से पूछकर दवा लाने गया है।" अम्माँ ने कहा।

वह अपनी बीवी के बगल में बैठकर उसका हाथ पकड़ सहलाने लगा। शायद सारा प्यार ही वह उड़ेल देना चाहता था। वह उसको कैसे बता पाता कि इतना दूर रहकर वह कैसे अपने परिवार को याद करता है ? शायद अपनी घुटन वह अपने शब्दों में कभी व्यक्त ही नहीं कर सकता। उसको अपने नसीब के ऊपर कोफ्त हुई। कितना मजबूर है वह ! चाहकर भी वह साथ में आकर नहीं रह सकता। उसकी पत्नी ने आँखें मूँद लीं। उसकी आँखों से दो बड़े–बड़े आँसू पत्नी के माथे पर गिरे। उसने जल्दी से घबराहट में उनको पोंछ दिया।

तभी उसका बेटा दवा लेकर आ गया।

"आ गए बेटा…लाओ, मैं दवा पिला दूँ।" पर बेटा तो जैसे बाप को देखकर भड़क ही उठा।

"खबरदार, जो मेरी माँ को हाथ लगाया !" एकदम से उसके हाथ वापस हट गए। बिट्टू दौड़कर अपनी माँ के पास गया।

"माँ…माँ, आँखें खोलो, माँ। मैं दवा ले आया हूँ, माँ…।"

धीरे से अपनी माँ को उठाकर उसने दवा पिला दी और उसके सिरहाने बैठ गया। उसकी पूरी कोशिश थी कि वह पिता को माँ के करीब भी न आने दे।

वह धीरे से उठकर कपड़े बदलने चला गया। जब कपड़े बदलकर आया, उसकी अम्माँ ने उसके आगे चाय और नाश्ता रख दिया। बिट्टू का व्यवहार उसको अंदर तक आहत कर गया। वह सबकुछ तो इनके लिए ही

कर रहा था। उससे बेहतर होता है, जब अपने दूर रहते हैं, तो उनसे मिलने की ख्वाहिश में ही दिन कट जाते थे—एक उम्मीद रहती थी···पर यहाँ तो अपनों के बीच में ही वह अकेला था। लोग उसको बेगाना समझने लगे थे।

अम्माँ ने ही बात उठाई, "पिछले तीन दिन से बिट्टू अपनी माँ के पास ही बैठा है। स्कूल भी नहीं गया। माँ को भी काम पर जाने नहीं दिया। माँ का हाथ पकड़कर बार-बार यही कहता रहा, 'माँ, तुम मत दुःखी हो। मैं हूँ न!' इधर, सावित्री तुमको काफी याद भी कर रही थी। अब तुम आ गए हो तो वह जल्दी ही ठीक हो जाएगी।"

उसको बेहद आत्मग्लानि का बोध हुआ। शायद चोर को भी इतना गहरा बोध नहीं होता होगा, जितना कि उसको हुआ। हाँ, वह अपराधी है। अपने परिवार का अपराधी है। उनकी खुशियों और तकलीफों का वह अपराधी है। खाना छोड़कर वह बीच में ही उठ गया और कमरे से बाहर आ गया।

उसकी माँ पीछे से उसको आवाज देती रही, "बेटा, खाना तो खा ले, इतनी दूर से आया है। भूखा मत जा। गुस्सा मत हो।"

नहीं, वह गुस्सा नहीं था। वह अकेला था। बेहद अकेला। वह इन गलियों में कहीं खो जाना चाहता था। वह अपने परिवार की ठीक से देखभाल नहीं कर पा रहा था। वह गुनहगार था। उसकी आत्मा पर मानो मनों-टनों पत्थर पड़ गया था। वह घर से दूर जाकर उसको फेंक आना चाहता था। उसको भय था, उस पत्थर को परिवार के लोग देख न लें। वह दिन भर ऐसे ही घूमता रहा। कभी-कभी अपने ऊपर क्रोध आ जाता तो सड़क पर पड़े हुए किसी निरीह पत्थर को कसकर लात मार देता था और उलटे खुद ही चोट खा जाता।

अँधेरा होने पर उसे घर जाने का होश आया। शायद अंधकार गुनाहों को काफी हद तक हल्का कर देता है। रात की कालिमा सबकुछ अपने अंदर समेट लेती है।

घर पहुँचा तो हाय-तौबा मची हुई थी। सब उसको लेकर चितिंत हो रहे थे।

माँ तो बाहर दहलीज पर ही खड़ी बेटे की लंबी उम्र की दुआएँ पढ़ रही थीं।

"कहाँ चला गया था रे? तुम्हें हमारा भी खयाल नहीं आया?"

वह कहना चाहता था कि खयाल ही तो आया था माँ, जो शायद कहीं नहीं गया। इतनों को बेसहारा छोड़कर वह कहाँ जा सकता था? सब उसकी जिम्मेदारी जो हैं। वह कहीं दूर, बहुत दूर चला जाना चाहता था, पर हिम्मत नहीं कर पाया। शायद प्राणांत कर पाने की भी शक्ति उसमें न थी।

बीवी की तबीयत में काफी सुधार हुआ था। उसको देखते ही उसकी आँखों में चमक आ गई। यही चमक तो उसको अपने परिवार के पास खींच लाती थी।

वह एक हफ्ता रहा, पर उसका बेटा उसके पास दो मिनट के लिए भी नहीं आया। एक दिन वह अपने परिवार को लेकर मेला चला गया, पर बेटा पढ़ाई का बहाना करके घर में ही रह गया। मेले में वह अपनी पत्नी को सबकुछ दिला देना चाहता था। बेटे के लिए भी उसने एक बाँसुरी खरीदी और एक माउथ ऑर्गन।

जब उसकी बीवी सुबह काम पर चली जाती थी और बेटा स्कूल, तो वह सामने फोटोग्राफर की दुकान पर जाकर बैठ जाता था।

"तुम अब वापस क्यों नहीं आ जाते?" एक दिन उसके फोटोग्राफर मित्र ने पूछा।

"कैसे आऊँ? फिर वही नौकरी है। अब तो मैं परमानेंट भी हो गया हूँ। यहाँ आकर नए सिरे से अपने को स्थापित कर पाना शायद अब संभव नहीं है। फिर तुम ही बताओ, इस उम्र में मैं आकर करूँगा ही क्या?"

"हाँ, ये तो है। पर अब तुम्हारा बेटा तुम्हारी कमी को काफी महसूस करता है।"

"जानता हूँ।" वह उदास हो गया।

फोटोग्राफर मित्र उसका मूड भाँप गया। बात पलटता हुआ बोला, "बहुत ही मेधावी है। पढ़ने की तो उत्कृष्ट लालसा है। जब बिजली नहीं होती

है तो पास के लैंपपोस्ट के नीचे पढ़ता है। पढ़ाई में भी अव्वल आता है। अभी परसों ही तो पैसे माँगने आया था तो कह रहा था, 'चाचा देखना, मैं बड़ा होकर अपनी माँ को यूँ सबके यहाँ काम पर नहीं जाने दूँगा।' कभी-कभी तो माँ-पिताजी को याद कर घंटों रोती हैं। तुम सबको बहुत याद करता है, बहुत नेक लड़का है।"

वह सिर्फ हूँ-हाँ ही करता रहा। क्या वह चाहता था कि उसकी पत्नी काम करे? क्या वह परिवार के साथ नहीं रहना चाहता था? पर वह किससे कहे?

चलनेवाले दिन बहुत सुबह ही उसकी गाड़ी थी। बेटा अभी सो ही रहा था। वह धीरे से उसके पास गया। काफी देर प्यार से उसका हाथ पकड़े खड़ा रहा। फिर हौले से उसको सहलाकर उसके पास बाँसुरी और माउथ ऑर्गन रख दिया। वह इतने हौले से जाना चाहता था कि बेटे की नींद न खुले, पर शायद वह जगा हुआ था।

उसने धीरे से आँख खोलकर पिता को जाते हुए देखा। वह भागकर उनसे लिपट जाना चाहता था। कहना चाहता था कि पिताजी हम लोगों को अकेला छोड़ मत जाओ, जिंदगी से डर लगता है। पर नहीं, वह कमजोर नहीं पड़ेगा। वह अब बड़ा हो गया है। और अब बहादुर भी। वह उनको नहीं रोकेगा। जाना है तो जाएँ। जब उन्हें हमारी परवाह नहीं तो हम क्यों करें?

पर पिताजी के जाने के बाद उसने बाँसुरी और माउथ ऑर्गन बैग में रख लिया। वह अपने स्कूल में बच्चों को दिखाएगा कि उसके पिताजी उसको दिलाकर गए हैं। स्कूल में बच्चे अकसर चिढ़ाते थे। वह उनके जैसा अच्छा पेंसिल-वॉकर या टिफिन लेकर नहीं आ पाता था। वह हमेशा अपमानित महसूस करता था। दो-चार बार तो प्रिंसिपल ने बुलाकर उसका नाम काटने की धमकी भी दी, क्योंकि फीस वक्त पर जमा नहीं हो पाती थी। जब उसे कितनी घृणा होती, उस पिता से, जो इन सबसे लापरवाह अपनी जिंदगी में खोए हैं। तब माँ से ही पैसा लेकर फीस चुकानी पड़ती थी। अकसर माँ को कहा भी कि वह किसी दूसरे स्कूल में पढ़ लेगा, पर माँ कभी मानने के लिए तैयार न हुई।

"बेटा, मेरा एक ही सपना है कि तू बहुत बड़ा आदमी बने। तेरी ऊँचाइयाँ मेरी अपनी जिंदगी के नीचेपन को ढक देंगी। मैं उनको पाकर अपना समस्त दुःख-दर्द भूल जाऊँगी।"

और वह दोस्तों के सारे अपमान भूल, मेहनत करने में लग जाता। एक दिन वह माँ को वह स्थान देगा, जहाँ लोग उसकी माँ की तरफ सम्मान से देखें।

वक्त बीतने पर एक दिन अचानक माँ दर्द से तड़पती रही। माँ का कष्ट देखकर उसको अपने पिता के ऊपर बेहद क्रोध आ रहा था। माँ को क्या कष्ट है, यह उसकी दादी उसको बता भी नहीं रही थीं। पर माँ काम पर भी नहीं गई थी। पर न माँ चिंतित दिख रही थी और न ही उसकी दादी। वह बार-बार बोला कि मैं डॉक्टर को ले आता हूँ। पर उसकी दादी ने डाँटकर भगा दिया। वह फोटोग्राफर चाचा के यहाँ गया। वही जानते होंगे कि माँ को क्या हुआ! वह काफी देर उसको बहलाते रहे। फिर बोले, "तुमको भाई आनेवाला है।" तभी मुनिया ने आकर खबर दी।

"भइया, दादी बुला रही हैं। बहन आई है।" उसने चाचा की तरफ देखा। चाचा कितना झूठ बोलते हैं! अभी तो बोल रहे थे कि भाई आनेवाला है, पर यहाँ तो बहन है! उसे अपनी बहन से नफरत हो गई। उसकी तो सिर्फ एक ही बहन है मुनिया, बाकी कोई नहीं। वह मुनिया का हाथ पकड़कर माँ के पास भागा।

माँ आराम कर रही थी। अब उसको इतनी तकलीफ नहीं थी। उसकी बगल में एक छोटी-सी बच्ची लेटी हुई थी। पर दादी और माँ दोनों ही खुश नहीं थीं।

दादी बोली, "उसको फोन करवा दिया है। वह आकर भी क्या करेगा? कौन सा बेटा जना है तूने, जो वह भागा-भागा आए। अरे, जब औलाद करनी ही थी तो जान के करती कि बेटा हो।"

माँ चुपचाप आँखें बंद किए सुने जा रही थी। आखिर उससे कोई भारी गलती तो हुई ही है। क्यों लेकर आई वह एक और बहन को? वह उसको

नहीं रखेगा, पर माँ ने उसे अपने पास बुलाया, "देख बिट्टू गुड़िया, तुम्हारे और मुनिया के खेलने के लिए। इसको प्यार करेगा न?" और वह चाहकर भी कुछ न कह पाया। पर उसके पिता न आए, यह बात उसको बेहद अखरी। शायद अपने पिता की कमी के एहसास को वह कहीं गहरे तक और काफी शिद्दत से महसूस करता था। असमय ही वह बहुत बड़ा हो गया था। जिंदगी बहुत तेज रफ्तार से भागती गई और जैसे-जैसे वह भाग रही थी, दूरियाँ भी बढ़ती चली गईं।

बिट्टू अब बड़ा हो गया था। मेहनती और मेधावी तो था ही, किस्मत ने भी साथ दिया।

"माँ, देखो मुझे कलकत्ता में नौकरी मिल गई है।"

"बहुत अच्छा बेटा!" वह माँ के चेहरे पर असीम खुशी देखना चाहता था।

"माँ, मुझे दीवाली से पहले वहाँ ज्वॉइन करना है। कंपनी की तरफ से फ्लैट मिलेगा। अब तुम्हें काम करने की जरूरत नहीं पड़ेगी। तुम मेरे साथ चलकर रहोगी।"

जो शब्द सावित्री अपने पति के मुँह से सुनना चाहती थी, आज उसका बेटा कह रहा था। बेटे के घर में जाकर रहने का सपना शायद सावित्री ने कभी देखा ही नहीं था। वह तो हमेशा से यही चाहती थी कि उसका पति एक बार ही सही, उसे उसके अपने घर में ले जाए। उनकी गृहस्थी हो। वह अपने विचारों को बुनती जा रही थी और बिट्टू बोले जा रहा था—

"माँ, तैयारी कर लो। हमें जल्दी ही चलना होगा।"

"पर बेटा, मेरा काम…।" वह बहुत कुछ बेटे को बोलना चाहती थी। आज उसके लिए सबसे खुशी का दिन था। उसका एकलौता बेटा जिंदगी में एक मुकाम पर पहुँच गया था। एक मुकाम, जिसके लिए उसने और बेटे ने जी-तोड़ मेहनत की थी। पर शायद उस मुकाम पर पहुँचकर भी वह अकेली थी। उसका साथ देनेवाला साथी बेखबर दूर, उनके लिए सिर्फ पैसे मात्र भेज रहा था। वह भी पूरे घर की जरूरत को पूरा नहीं कर पाते थे। उसे घर से बाहर

जाकर दूसरों के घरों का चौका-बरतन करके घर को चलाना पड़ता था।

एक बेटी की शादी उसने अपने बलबूते पर की। नहीं, सहसा उसे एहसास हुआ कि वह वास्तव में थक गई थी। वह अब और नहीं सह सकती। अब और मेहनत नहीं कर सकती। शरीर के साथ-साथ उसका मन भी टूट गया था। वह जाएगी, बिट्टू के साथ जाएगी और जिंदगी का नया सपना बुनेगी। वह अपनी जिंदगी से ऊब गई थी। शायद वह था तो उसका पति पर क्या···नहीं···हाँ···उसको उससे कोई प्यार नहीं था। पर नफरत भी नहीं थी। "बिट्टू, पिता को खबर कर देना, हम जा रहे हैं।"

बिट्टू ने सुनकर भी अनसुनी कर दी। नई जिंदगी की शुरुआत में उनकी क्या जरूरत थी?

□

उसको स्टेशन पर पहुँचानेवाली ट्रेन अब रफ्तार पकड़ स्टेशन को छोड़ रही थी। ट्रेन के रुकते ही जो कोलाहल था, अब धीरे-धीरे थम रहा था। सभी यात्री अपने गंतव्य के लिए बढ़ चले थे। वही शायद, अकेला रह गया था।

उसको एक आदमी ने हिलाया, "लो बाबा, खाना ले लो।"

वह वाकई भूखा था। आँखों से जिंदगी की चमक जाती रही थी। बढ़ी हुई दाढ़ी, मैले-कुचैले कपड़े। खाना लेकर वह धीरे-धीरे खाने लगा। भूख की क्षुधा को वह धीरे-धीरे शांत करना चाहता था।

कोई अमीर, भिखमंगों को खाना बाँटकर पुण्य कमा लेना चाहता था।

पेट की आग शांत कर वह उठा, उसकी ट्रेन जा चुकी थी। निगाहों से ओझल हो गई थी। उसी पटरी पर दूसरी ट्रेन आनेवाली थी। उससे फिर कुछ अनजान चेहरे उतरेंगे, अनजान चढ़ेंगे। यह सिलसिला तो चलता ही रहेगा अनवरत।

घर पहुँचा तो बड़ा-सा ताला लटका हुआ था। शायद इतनी तेजी से वह कई दिनों में नहीं भागा था।

"कहाँ गए सब?"

"अरे, तुम्हें नहीं पता? सब तो कलकत्ता चले गए।"

"चले गए⋯।"

"मुझे छोड़कर⋯क्यों?"

और वह चेहरे को ढाँपकर सिसकियाँ ले, रोने लगा।

"अच्छा उठो! रो नहीं⋯मुझे बिट्टू पता देकर गया है। मैं ढूँढ़ता हूँ।"

वह सिर पकड़े बैठा रहा और रोता रहा। फोटोग्राफर दोस्त ने अलमारी से पुराना एलबम निकाला। "यह देखो, तुम्हारे परिवार का फोटो।"

वह उसको लेकर घूर-घूरकर देखता रहा। हाँ, उसका पूरा परिवार फ्रेम के अंदर कैद था। वह फिर सिसक पड़ा।

बड़ी मुश्किल से बिट्टू का पता मिला। एक दराज में मुड़ा-तुड़ा पड़ा हुआ था।

"लो, तुम्हारे बेटे का पता मिल गया।"

उसने ऐसे झपट के पकड़ा, जैसे कोई खजाना मिल गया था।

"दोस्त, एक मदद और कर दो।"

"बोलो!"

"यह मेरे ऊपर तुम्हारा उपकार रहेगा।" बुझी हुई आवाज में बोला। आवाज भी एक गहरे कुएँ से आती प्रतीत हो रही थी।

"उपकार, अरे दोस्त बोलते हो और उपकार की बात करते हो! बोलो, मैं तुम्हारे किस काम आ सकूँ?"

"बस, कलकत्ता का एक टिकट कटा दो और दो-तीन सौ रुपए दे दो। पचास-सौ रुपए मेरी जेब में हैं। मैं अपने बेटे और बीवी को ढूँढ़ने जाऊँगा। बेटे को समझाऊँगा कि उड़ीसा में मैं खुश नहीं था। मैं भी अकेला था। इन्हीं लोगों के लिए मेहनत कर रहा था। यहाँ तो पूरा परिवार साथ था दुःख-दर्द बाँटने के लिए, वहाँ तो बिल्कुल अकेला था।" उसकी आँखें शून्य में कुछ खोजने लगीं। आवाज भर्रा गई। अकेलेपन की त्रासदी और अपनों से बिछुड़ने का गम उसकी आवाज में स्पष्ट आ गया।

"और अगर वे न मिलें तो⋯।" दोस्त नहीं चाहते हुए भी पूछ बैठा।

वह काफी देर तक फोटो को देखता रहा। फिर बोला, "मैं वापस

उड़ीसा चला जाऊँगा। मेरी नौकरी है। एक छोटी-सी चाल है। रामू, मेरा पुराना साथी, जिसके साथ मैं शुरू से रहता हूँ। उसी के पास चला जाऊँगा। और कौन है मेरा?" और बात करते-करते वह खो गया।

स्टेशन पर काफी भीड़ थी। अनजान चेहरे अनजान जिंदगियाँ, अनजान मुलाकात। इन सबके बीच वह दुबककर बैठ गया। ऐसे भी उसको अपने आप पर और अपने कपड़ों पर शर्म आ रही थी। टिकट को उसने कसकर पकड़ा हुआ था। एक उड़ती-उड़ती निगाह उसने शहर की तरफ डाली। उचाट-सी निगाह में खामोशी और उदासी थी। अचानक आँसू ढलके, मानो उसके अंतर्मन के दु:ख को बहा ले जाना चाहते थे, पर अंदर की पीड़ा को उसने बड़े हुनर से सहेजकर समेट लिया।

वह यह शहर हमेशा के लिए छोड़कर जा रहा था। यहाँ का घर अब उसके पीछे छूट गया था। शहर से क्या मोह, जब कोई अपना वहाँ न हो! वह जरूर अपनी बीवी को खोजेगा। उसको समझाएगा। अपने साथ लेकर आएगा।

ट्रेन ने सीटी दी। उसका अतीत पीछे छूटता जा रहा था। ट्रेन धीरे-धीरे आगे बढ़ती जा रही थी। कल फिर यहाँ से यही ट्रेन गुजरेगी, पर वह न होगा।

ट्रेन मजार के सामने से गुजरी। फकीर बैठा गा रहा था—

"तमाम उम्र ही बीती खाक छानने में, दु:ख तो तब हुआ, जब खाक भी न मिली।"

उसकी आँखों से बड़े-बड़े आँसू ढुलक आए। वह उस जज्बात को न थाम पाया। लोग पीछे छूटते गए। शहर पीछे छूटता गया। जिंदगी ही थी, जो अपनी रफ्तार से आगे बढ़ती गई। वक्त बीतता गया और थके-हारे इनसान की तरह वह हताश उसे अपने हाथ से फिसलते हुए महसूस करता गया। मानो कहीं चुपके से उसका हाथ खाली हो और एक मुट्ठी रेत उसमें से सरककर कहीं दूर, बहुत दूर गिरकर अनंत में विलीन हो गई थी।

□

हँसी

सुबह-सुबह विद्यालय में विद्यार्थी असेंबली में हिस्सा ले रहे थे। नए जमाने के बच्चे थे, नए जमाने की तहजीब सीखते-सीखते वे एक नए रंग में रँग गए थे। पूरी-की-पूरी सभा में किस्म-किस्म के बच्चे और सामने स्टेज पर एक अजीबोगरीब शारीरिक प्रशिक्षक, जो बच्चों को हँसने का प्रशिक्षण दे रहे थे।

"और जोर से मुँह खोलो, मुँह को गोल-गोल करो, अब होंठ को पूरा कान तक खींचने का अभ्यास करो और फिर, अब हँसी निकली कि तब…"

सारे बच्चे सुबह-सुबह योगाभ्यास में हँसने का प्रयास कर रहे थे। हँसी को उनकी जिंदगी का एक अहम हिस्सा बनाने का प्रयास किया जा रहा था।

तभी पीछे से एक शिक्षक ने आकर एक बच्चे को धौल जमाई, "क्या तुम हँसना भी भूल गए हो? या तुम्हें हँसना आता ही नहीं है? अरे, कुछ हँसी की घटना याद करके हँसने की कोशिश करो। तुम सब भी कितने बुड़बक हो कि हँसना तक नहीं जानते। अरे चलना सीख लिया, बोलना सीख लिया, और तो और, झूठ बोलना सीख लिया, पर हँसना, क्या अब हँसना भी सिखाना पड़ेगा?" जोर का एक धौल पीठ पर जमाकर वह शिक्षक आगे बढ़ गया। उस अबोध बालक ने अपने दिमाग पर जोर डालना शुरू किया। हाँ, वह हँसता था और मुसकराता भी तो था, पर…कैसे और कब…यह उसको ठीक-ठीक याद नहीं आ रहा। शायद जब तक माँ का आँचल उसके सिर पर था, जब तक अपना खिलखिलाना उसको याद है, पर माँ के जाने के बाद एकाध बार सूनी आँखों से उसने पिता का मन टटोलने की कोशिश की थी, पर पिता की कठोर

आँखें उसका उत्साह शून्य कर गईं। अब एक नया मंथन उस बालक के मन को मथने लगा। हँसने के नाम पर उसकी आँखें डबडबा आईं। नीर से भरा हुआ मेघ सहज फटने के लिए तैयार हो गया। उस नीर से भरे काले बादल को फटने के लिए किसी प्रलोभन या मनोयोग की जरूरत नहीं होती। वह तो बस अनायास उस बालक के नयनों से बरस पड़ता।

माँ, नानी के यहाँ गई है। इतना उसको पता था। स्कूल में एकाध बार माँ ने फोन करने की कोशिश की थी। इंचार्ज मेम ने उसको अपने चैंबर में बुलाकर माँ से बात भी कराई थी।

"बेटा, तुम्हारी माँ का फोन है। बात कर लो।" और आँखों के कोरों से गिरते हुए पानी को हाथ से पोंछकर उसने फोन का चोंगा अपने हाथ में पकड़ लिया।

"माँ, तुम कब आओगी ? तुम्हारी बहुत याद आ रही है।"

उधर से कुछ वार्त्तालाप हुआ और सन्नी ने कसकर फोन के तार को हिलाया।

"नहीं माँ, दीदी चाची के पास है। हाँ, पापा दीदी को वहीं छोड़ आए थे।" फिर उधर से कुछ संवाद हुआ।

"माँ, पापा मुझे बहुत डाँटते हैं। आज तो टिफिन भी नहीं दिया और बोर्डिंग में भेजने की बात कर रहे हैं। तुम कब आओगी ? माँ कब आओगी, जल्दी आ जाओ।" माँ से जल्दी आने का आश्वासन पाकर उसने फोन रख दिया। पर फोन के कटने के साथ ही वह समझ गया कि वह आवाज जो उसकी माँ की थी और काले बदनुमा फोन के चोंगे से आ रही थी, शायद अब हमेशा के लिए खामोश हो गई है। उसने पापा को दादी से कहते सुना था कि 'इस औरत को, जो गलती से उनकी पत्नी है, को मैं सबक सिखाकर ही रहूँगा। बहुत बनती है। औरतों को ऐसा रूप मन को नहीं भाता। बहुत गरूर है उसको अपने रूप पर। धूल न चटा दी तो देखना, जाए अपने मायके और रहे।' और दादी को उसने जोर से ठठाकर हँसते देखा था। वही विद्रूप हँसी! 'नहीं, वह ऐसे नहीं हँस सकता,' उसकी माँ उससे दूर हो गई थी और दादी हैं कि हँस रही हैं! 'क्या

लोगों को इन्हीं बातों पर हँसी आती है ?' अब उसकी पौटी कौन धुलाएगा, उसे गरम-गरम खाना कौन खिलाएगा ? दादी से एक बार पौटी धुलाने के लिए कहा था तो उन्होंने कैसे झिड़क दिया था, फिर दीदी को मदद करनी पड़ी थी। अब तो दीदी को भी पापा ने चाची के यहाँ भेज दिया है। अब क्या होगा ? यह सोचकर उसको रुलाई आने लगी थी। दादी उसका रोना देखकर भी हँसती हैं। उसने छुप-छुपकर दादी को तैयार होते देखा है। इस उम्र में बाल सब-के-सब सफेद हो गए हैं, पर देखो कैसे मेहँदी लगाकर घूमती हैं! सबके बीच में ऐसे बैठती हैं और जरा भी शर्म नहीं आती क्या ? माँ का तो हाथों में मेहँदी लगाना भी उन्हें पसंद नहीं था। वह कैसे माँ को डाँटती-फटकारती रहती थीं! गरम-गरम चिमटे से उसने दादी को माँ की पीठ जलाते हुए देखा था।

"अरे कलमुँही, हाथों में मेहँदी लगाने का ऐसा ही शौक था तो अपने साथ एक दाई ले आती। खुद महारानी-सी बनी बैठी रहती हो और मैं क्या तुम्हारी नौकरानी हूँ, जो दिन भर काम करती रहूँ ? तुम्हारा तो दिन भर श्रृंगार-पिटार में वक्त बीतता है, काम कौन करेगा, तुम्हारा बाप ?" और उसकी दादी ने कस के माँ की पीठ पर जलता चिमटा दाग दिया। उस दिन माँ खूब रोई थीं और दादी खूब हँसी थीं। माँ के आँसू पोंछता हुआ, वह भी उसके पहलू में बैठ खूब रोया था।

"हाँ, उसको दादी की हँसी अभी तक याद है। उसमें खूब खनखनाहट थी और वह खनखनाहट उसके मन के अंदर, कहीं बहुत अंदर बस गई थी और इसी खनखनाहट में उसकी स्वयं की हँसी कहीं गहरे तक दफन हो गई थी। माँ एक दिन उसको और सबको छोड़कर नाना के यहाँ भाग गई थी। अब तो उसको होमवर्क करानेवाला भी कोई नहीं था। माँ के जाने के काफी दिनों तक तो उसके पापा ने उसको स्कूल भी नहीं भेजा था।

फिर जब स्कूल से शिकायत गई तो पापा ने किसी तरह भेजना शुरू किया और अभी स्कूल गए हुए मात्र दो दिन भी नहीं बीते थे कि दूसरे दिन ही कक्षा में टीचर ने उसको अपने पास बुलाया—"सन्नी।"

"जी मैडम।"

और मैडम ने कॉपी उठाकर पूरी कक्षा को दिखाते हुए कहा, "क्यों सन्नी, ये क्या है?"

और कॉपी में बना फोटो देखकर पूरी कक्षा में एक सम्मिलित हँसी का स्वर गूँजा। टीचर ने लाल घेरे से उसकी माँ की ड्राइंग को घेरा हुआ था।

"क्यों सन्नी, ये तुम्हें क्या होता जा रहा है? तुम कितने बढ़िया बच्चे हुआ करते थे। आजकल तुम्हारा दिमाग कहाँ रहता है? ड्राइंग में? चित्र बना-बनाकर, क्या पिकासो बनता है?"

और उसकी शर्ट के टूटे बटन में अपना पेन घुसाते हुए बोलीं, "तुम्हारी माँ क्या तुम्हारा ध्यान नहीं रखतीं? अरे, इस फटीचर हालत में स्कूल आने से तो स्कूल न आना अच्छा है। कल, अपनी माँ को बोलना कि आकर मिलेंगी।" और टीचर के इस वक्तव्य के बाद वह पूरी कक्षा की हँसी का पात्र हो गया। सबकी हँसी उसके कान में काफी देर तक गूँजती रही। और वह अपमानित-सा एक कोने में मुँह लटकाए बैठा रहा।

हाँ, वह महसूस कर रहा था सबकी निगाहों को और सबकी हँसी को। सब खिलखिलाकर हँस रहे थे, पर उसकी हँसी गायब थी। उलटे उसको रोना आ रहा था और साथ में माँ की याद भी। वह मन-ही-मन बुदबुदाया, "माँ, तुम कहाँ हो? आओगी नहीं क्या?" और हँसी के बीच उसकी गरदन शर्म से झुक गई। कक्षा में, मानो सहसा वह उपेक्षित और अकेला पड़ गया था और सिर झुकाए हुए भी उसको महसूस हो रहा था कि सबकी आँखें उसके ऊपर ही टिकी हैं। और सबकी हँसी का एक सम्मिलित स्वर उसके कानों में खिलखिलाहट बन गूँज रहा था। सब हँस रहे थे और वह सुबक रहा था।

तभी एक चपरासी ने आकर कक्षा में टीचर को उसके नाम की परची पकड़ाई।

"सन्नी!"

"जी मैडम!" आँसुओं को अंदर रोकते हुए सन्नी बोला।

"तुम्हें प्रिंसिपल मैडम बुला रही हैं।"

आँखों के ही माध्यम से उसने मौन प्रश्न पूछा, 'क्यों?' पर टीचर को निरुत्तर पा हतोत्साहित हो गया।

"अरे, इतने महीने से फीस नहीं जमा होगी तो क्या तुम्हारा स्कूल आना उचित है ?"

और सभी बच्चों की आँखों में उपहास का भाव झलक उठा। वह बिना पीछे मुड़े चपरासी का पीछा करते हुए प्रिंसिपल के कमरे की तरफ बढ़ गया। शुक्र है कि आँखें पीछे नहीं देख सकतीं, क्योंकि वह हँसते और मुसकराते हुए चेहरों से हर पल अपने को बचाना चाहता था। पर मुए ये कान हैं कि सबकुछ सुन लेते हैं। और बच्चों का मखौल उससे छुपा न था। फीस के लिए उसको दो-तीन बार पहले भी टोका जा चुका था, पर आज नौबत नाम कटने तक आ गई थी और उससे चिढ़नेवाले बच्चों की तो बात बन आई थी।

ऑफिस में प्रिंसिपल की कुरसी के पास पहुँचकर उसकी निगाहें नीची हो गईं। वह प्रिंसिपल को मन-ही-मन चाहता था। उसको मैडम का उठना, बैठना, तैयार होना बहुत ही भाता था और उनकी मुसकराहट में उसको अपनी माँ नजर आती थी। माँ जैसी हँसी, माँ की तरह खिलखिलाहट।

जब से माँ उसको छोड़कर गई है, तब से उसकी हँसी पूरी-की-पूरी गायब हो गई है।

प्रिंसिपल के चैंबर में उसके पिता भी मौजूद थे। एक भारी-भरकम शख्सियत, एक कठोर व्यक्तित्व। उसका वहाँ से भागने का मन कर रहा था। पिता की नजदीकी एक भय पैदा कर रही थी। उनकी समीपता से तो कक्षा के बच्चों की हँसी झेलना ज्यादा आसान था। वहाँ कम-से-कम अपनत्व तो था। पिता को तो उसने प्रिंसिपल से कहते सुना, "बस, दस दिन के अंदर मैं इसको बोर्डिंग में भेजनेवाला हूँ। सोचिए, ऐसी पत्नी से पाला पड़ा, जो इतने छोटे बच्चों को छोड़कर बार-बार भाग जाती है।"

मैडम की आँखों में एक उत्सुकता कौंधी और फिर दब गई। ऐसे भी दूसरों का झगड़ा हमेशा कौतूहल का विषय रहता है। फिर उसकी माँ तो स्कूल आकर खूब तमाशा कर चुकी थीं। हर एक शख्स से पिता की शिकायत करते हुए उसने माँ को खुद सुना था।

एक बार तो पापा ने रात में माँ को खूब मारा था और दूसरे दिन माँ रोती-

पीटती हुई उसके स्कूल चली आई थी। और सबको अपने तन पर लगी हुई चोट पीठ और जाँघ पर से साड़ी उघाड़-उघाड़कर दिखा रही थी।

उसके जाने के बाद स्कूल का सभी स्टाफ खूब कस-कस के उसका और उसकी माँ का नाम ले-लेकर हँस रहा था। कोई नहीं जानता कि रात में उसने माँ को पिटते देखा था और रात भर वह माँ से चिपककर उसके आँसू पोंछता रहा था। नहीं, वह अब नहीं रोएगा। उसको तो माँ का सहारा बनना था। और सिसकी उसके हलक में ही अटक गई। बीच रात में एक बार जोर से माँ को दर्द हुआ, उनकी कराह निकली थी, पर उसने माँ को अपने में भींच लिया था। हौले-हौले वह माँ के दर्द को महसूस कर रहा था और हर एहसास के साथ उसकी अपनी खुशी और हँसी का दायरा सिमटता जा रहा था और अगली सुबह तक तो उसकी हँसी पूर्णतः समाप्त हो चुकी थी। उसके बाद वह हँसना भूल-सा गया था। कुछ ही दिन बाद माँ घर छोड़ नानी के यहाँ चली गई थी··· और सन्नी को दीदी के पास अकेला छोड़कर गई थी। जाते-जाते बस एक ही वाक्य बोल गई थी, "सन्नी का ध्यान रखना···।"

और एक रात में सन्नी मानो जवान हो गया था। उसने हठ करना छोड़ दिया। अपने हाथ से खाने लगा था और तो और, अब तो पौटी भी स्वयं ही धोता था।

कुछ ही दिन के बाद पापा ने दीदी को भी चाची के पास भेज दिया था। और अब तो वह सिमटकर झागवाले पानी का बुलबुला हो गया था, उसका दर्द कभी भी फट सकता है। और विडंबना ऐसी कि हर क्षण उस बुलबुले की परिधि बढ़ती ही जा रही थी, पर दर्द था कि फटने का नाम ही नहीं ले रहा था।

"हाँ बताइए ना, आप भी तो औरत हैं, क्या कोई भी औरत अपने रोते-बिलखते बच्चों को ऐसे ही छोड़कर चली जाती है? अरे, बड़ी ही बदचलन-आवारा औरत है। पता नहीं किस घड़ी में ईश्वर ने उसका-हमारा साथ किया।" और इस वाक्य पर तो सन्नी की निगाह शर्म से झुक गई। वह 'बदचलन-आवारा' शब्दों को नहीं पहचानता था, पर पापा, माँ को भद्दी गालियाँ दे रहे हैं, इसका उसको अच्छे से एहसास हो रहा था।

"अब आप ही बतलाइए कि इन बच्चों की परवरिश तो मेरा ही सिरदर्द है न! अब जैसे भी पालें, पर पालना तो है ही।" सन्नी को ऐसा लगा मानो, टनों पत्थर उसके कंधे पर किसी ने लाद दिया है। एक बार उसका मन किया कि प्रतिकार करे, पर हिम्मत न हुई। अभी वह ऊहापोह की स्थिति से उबरने का प्रयास कर ही रहा था कि उसे नीचे कुछ गीला-गीला सा महसूस हुआ। अरे, यह क्या उसने तो पैंट ही गीली कर दी थी। शर्म के मारे वह और भी धरती में गड़-सा गया। वह आँखें झुकाए खड़ा ही रहा और उसकी तंद्रा तब भंग हुई, जब प्रिंसिपल मैडम बाहर से आया को बुलाने के लिए घंटी-पर-घंटी बजा रही थीं।

"कितना असंस्कारी लड़का है! इतना बड़ा हो गया, पर अभी तक बाथरूम मैनर्स नहीं आया।" फिर आया को उसे बाहर ले जाने के लिए बोलकर मैडम सन्नी के पापा की तरफ मुखातिब हुईं—"सच में, मैं आपकी दिक्कत समझती हूँ। बोर्डिंग छोड़ और कोई उपाय नहीं है।"

और उसके कानों में आया की हँसी पड़ी, "क्या सन्नी, बाथरूम आए तो कम-से-कम बताया तो करो!" उसकी आवाज गा-गाकर इन शब्दों को चबा-चबाकर ऐसे बोल रही थी कि परिहास का एहसास उसको अच्छे से हो रहा था। आया का उसके हाथ पर इतना जोर था कि उसे एकबारगी लगा कि हाथ टूट जाएगा। वह भी कितना बुद्धू है कि उसने पैंट में ही पेशाब कर दी, पर उसे पता क्यूँ नहीं चला? शायद वह प्रिंसिपल मेम को देख घबरा गया था। या फिर अपने पिता के क्रोध का उसको स्मरण आ गया! माँ की तो वह खूब पिटाई करते थे, अब घर जाकर वह भी अच्छे से पिटेगा। पैंट की बेल्ट खोलकर पापा अच्छे से उसको मारेंगे।

उसको मैडम ने उस दिन पापा के साथ ही घर भेज दिया! रास्ते भर पापा की वह झिड़की सुनते गया था।

☐

और दूसरे दिन से प्रात: विद्यालय में हँसी सिखाने का अभ्यास हो रहा था। सभी खिलखिलाकर हँस रहे थे। उसको ऐसा प्रतीत हुआ कि मानो सब उसको ही देखकर हँसना सीख रहे हों। वह वहीं पर किंकर्तव्यविमूढ़ हो गया।

उसको पता ही न चला कि कब हँसी का दौर खत्म हुआ और कब राष्ट्रगान की समाप्ति पर पूरा स्कूल हरकत में आ गया।

अभी वह मनहूस शक्ल बनाता हुआ बैग उठा ही रहा था कि पीछे से बच्चों का एक रेला आगे बढ़ा और उसके ऊपर दबाव पड़ा। इससे पहले कि वह सँभल पाता, वह लड़खड़ाया और गिर पड़ा। अभी तक जिस हँसी को लाने के लिए पूरे स्कूल में अभ्यास कराया जा रहा था, वही हँसी का समवेत स्वर गूँजा और वह हताश–सा जमीन पर गिरा पड़ा रहा।

अभी तक जो टीचर उसे हँसने के लिए प्रेरित कर रही थी, वही अब उसके ऊपर हँस रही थी। वह काफी देर तक तो झेंपता रहा और उठने में भी उसे दिक्कत हुई। काफी बच्चे उससे आगे निकल गए।

वह धूल–धूसरित जमीन पर पड़ा रहा और पता नहीं अचानक उसमें कहाँ से शक्ति आ गई या फिर माँ का अदृश्य रूप उसकी आँखों में कौंधा और वह धूल को शरीर से झाड़ता हुआ खड़ा हो गया। गिरी हुई कॉपियाँ उसने बैग के अंदर डालीं और बिजली की फुरती से उठकर खड़ा हो गया। आँखों में उठते हुए नीर को हाथ से पोंछा और पता नहीं किस प्रेरणावश, वह जोर से अट्टहास करने लगा। उसकी हँसी स्वर्ण–रश्मि बन चारों तरफ छितरा गई। उसकी जोरदार हँसी का ऐसा प्रभाव पड़ा कि कौंधती हुई हँसी चारों तरफ छा गई। वह हँसे जा रहा था और पूरे मैदान के बच्चे शांत खड़े उसे सुन रहे थे। प्रशिक्षक, जो अभी तक सबको हँसने की प्रेरणा दे रहे थे, उसकी हँसी सुन स्वयं विस्मित थे।

सही भी है, शायद सन्नी इतनी छोटी उम्र में भी सीख गया था कि जब तक मनुष्य समाज पर हँसना नहीं सीखता, तब तक समाज उसकी हँसी उड़ाता है। उसकी अंतरात्मा उसे प्रेरित कर रही थी कि 'हँसो–हँसो, और हँसो' और उसकी हँसी का शोर थम ही नहीं रहा था।

पर प्रशिक्षक विस्मित था, कहीं कोई बच्चा ऐसी हँसी भी हँसता है! जरूर पागल हो गया है।

पागलपन दुःख की ही पराकाष्ठा है।

□

वो सात दिन

वो सात दिन बेहद कष्टप्रद बीते थे। स्थितियाँ ही कुछ ऐसी थीं। आखिरकार निशा का पेट एकाएक दस इंच फूल आया था। पहले-पहल तो बच्चों को, खासतौर पर बहुओं को लगा कि गैस होगी, पर जब रात भर के दर्द और तकलीफ के बाद भी कोई फायदा न हुआ तो सबकी चिंता बढ़ी।

चिंता का विषय बीमारी न था, इलाज था। अरे! पचहत्तर साल की विधवा अगर मर भी जाए तो कौन सा पहाड़ टूट पड़ेगा? पर मूल चिंता का विषय इलाज में होनेवाला खर्च था। बड़े बेटे को फोन किया गया था और सब उसके आने के इंतजार में थे।

इंतजार का वक्त लंबा और कठिन होता है। मानो कटता ही नहीं और बाकी दोनों बच्चों का भी नहीं कटा। भाई को आना न था, मानो शायद बहाना बनाकर न आया। सृष्टि का नियम है, माँ कितने भी बच्चों की गू-मूत साफ कर ले, पर एक भी बच्चा बीमार माँ को एक भी दिन बिस्तर पर बरदाश्त न कर सकेगा।

बाकी दोनों बेटों ने भी इलाज करा पाने में असमर्थता जताई। दोनों के आगे तो पैसे की लाचारी थी। होनी भी थी। पिछले कुछेक वर्षों से व्यवसाय में लगातार घाटा हो रहा था और घर में वाकई पैसे की किल्लत थी। जब पैसा ही नहीं तो इलाज कैसे, पर मामला माँ का था और उससे भी अधिक समाज में बदनामी का। लोग क्या कहेंगे!

खैर, नालायक लड़कों को समाज का खासा भय नहीं होता, पर इन लड़कों को अपनी बड़ी बहन के प्रति था। वह क्या सोचेगी, अगर माँ को कुछ

हो गया! कहेंगी, 'कम-से-कम मुझे तो सूचित कर देते। क्या मैं माँ को नहीं सँभाल लेती?' और इन लड़कों ने भी कर्तव्य की इतिश्री कर ली, बहन को सूचना देकर।

बहन आई और घर के हालातों के मद्देनजर अपनी माँ को अपने साथ ले गई। आखिर बेटे-बेटी में फर्क क्या है? फिर माँ की तो आँखें ही नहीं खुल रही थीं, जो प्रतिकार करतीं। कौन बेटी के यहाँ जाकर मरना पसंद करता है! पति की मृत्यु के बाद तो माँ ने अपना जीवन घर की चहारदीवारी के भीतर ही समेट लिया था। जब जीवनसाथी ही न रहा तो जीने की अदम्य लालसा भी मद्धिम पड़ने लगी थी।

बेटी ने अपनी माँ को ले जाकर एक अलग कमरे में आराम से लिटा दिया और अपना स्थान स्वयं उसकी बगल में बना लिया। माँ की हालत चिंताजनक थी और एक छोटा-सा बोरा बनी वह बिस्तर पर पड़ी थी। घर पहुँचते ही बेटी का बेटा अमित डॉक्टर को बुला लाया था। डॉक्टर ने आकर माँ को देखकर मुआयना किया और चलते-चलते हिदायत दे गया, 'बहत्तर घंटे अति महत्त्वपूर्ण हैं, पर कम-से-कम सात दिन तक इनकी ठीक से देखभाल बेहद जरूरी है। पलकों की छाया तले इनकी ठीक से सेवा कीजिए। आगे तो जीवन ईश्वर के हाथ में है।'

बेटी अनीता ने अपनी माँ के सिरहाने अपना भी बिछावन बिछा लिया। माँ के माथे पर छलक आए पसीने की बूँदों को साफ कर दिया। धीरे से माँ की आँखों को चूमा। उसकी अपनी आँखों की पोरों से बूँदें ढलककर माँ के माथे पर छलक आईं। उसने उन बूँदों को वैसे ही रहने दिया।

बेटे ने धीरे से आकर दवाइयाँ माँ की बगल में रख दीं। "पीली वाली एक-एक गोली तीन घंटे पर और लाल पत्ते की दिन में दो बार। अभी सुई का असर है, रात भर नानी सोती रहेंगी। सुबह फिर कंपाउंडर आकर सुई लगा देगा। रात भर में नानी को आराम मिल जाना चाहिए। सुबह अल्ट्रासाउंड कराके पता चल जाएगा कि पेट में पानी क्यों भरा है? तब तक इन्हें आराम से सोने दो। अगर कोई जरूरत हो तो मुझे उठा लेना।"

"बेटा, एक बार बड़े मामा को फोन कर दो। नहीं तो अगर माँ को कुछ हो गया तो फिर यही कहेंगे कि हम लोगों ने नानी को मिलकर मार डाला और उनको सूचित न किया।"

"आप भी माँ! पापा ने डॉक्टर के जाने के बाद पूरी सूचना मामा को दे दी है और आग्रह भी किया है कि अगर वह सुबह आ जाएँ तो कोई भी निर्णय लेने में आसानी होगी। क्योंकि डॉक्टर कह रहे थे कि अगर दवाइयों से सूजन नहीं घटेगी और पेट का पानी कम नहीं होगा तो फिर सुई लगाकर पानी निकालना पड़ेगा। हो सकता है, नानी रात भर बिस्तर गीला करती रहें, ध्यान रखना।"

माँ ने धीरे से सिर हिला दिया। आँखें बंद कर लीं। बेटा भी दरवाजा धीरे से बंद करके बाहर चला गया। अनीता ने आँखें कसकर बंद रखीं। वह आँसुओं को काफी देर अपने अंदर समेटकर रखे रही, पर जब उफान कम न हुआ तो बेहद वेग से वह बाहर निकल आए। माँ की इस दुर्गति की तो उसने कल्पना भी न की थी। भाई इतने नकारा निकलेंगे, किसको उम्मीद थी! कहाँ गलती हो गई, अभी वह ठीक से निर्णय भी नहीं ले पाई थी कि माँ ने बिस्तर गीला कर दिया।

उसने धीरे से चादर बदली। माँ के कपड़े बदलाने में काफी जद्दोजहद का सामना करना पड़ा। उसने माँ के नीचे बच्चोंवाला प्लास्टिक डाल दिया और माँ को गाउन दिया। गाउन के ऊपर चादर डाल, वह उनका हाथ पकड़ बगल में लेट गई।

माँ पूरे होशोहवास में थीं, पर बेहद घबराई हुईं। शायद संभावित मृत्यु की-सी स्थिति ने उनके अंदर भय पैदा कर दिया था।

"मैं मरना नहीं चाहती अनीता।"—ये शब्द बेहद धीमे से कहे गए थे, पर अच्छे से कमरे में गूँज रहे थे।

"नहीं माँ, हम आपको मरने नहीं देंगे।"

माँ ने धीरे से सिर हिलाया, फिर कुछ बुदबुदाई। शायद 'दिलीप' का नाम लिया था। दिलीप अनीता का बड़ा भाई था।

"हाँ, खबर कर दी है, कल सुबह तक आ जाएगा।" माँ ने फिर कुछ

बुदबुदाया, जो अनीता की समझ में न आया। माँ ने धीरे से आँखें बंद कर लीं। थोड़ी देर तो अनीता को लगा, जैसे माँ आँखें बंद कर लेटी हों, पर नहीं, वह सो गई थीं। दवाइयों का असर था। अनीता की आँखों से नींद कोसों दूर थी। भय और दुःख का मिला-जुला घुमड़ता हुआ संसार था। ऐसे में नींद कहाँ आती! वह माँ का हाथ पकड़कर बैठ गई। माँ के हाथ में थोड़ी सी हलचल हुई, फिर सब शांत। पूरी रात अनीता वैसे ही बैठी रही। कब उसकी आँख लग गई, इसका उसको इल्म न हुआ। इल्म तो उसको तब हुआ, जब सुबह बेटे ने आकर उठाया।

"माँ, कंपाउंडर आया है, उठो।" अनीता हड़बड़ाकर उठी। एक गलती का भाव मन में जाग उठा। अरे! आँख कैसे लग गई! कहीं माँ ने किसी जरूरत के लिए पुकारा हो और मैं जवाब न दे पाई हूँ। नजरों में जैसे चोरी का भाव था। माँ भी निश्चिंतता से सो रही थीं। थोड़ी राहत मिली।

माँ के पेट की सूजन भी थोड़ी कम थी। कंपाउंडर ने इंजेक्शन दे दिया। बेटा नानी को अल्ट्रासाउंड कराने के लिए ले जाने लगा।

"नहीं, बेटा, तुम नहीं जाओ। पापा जाकर दिखा आएँगे। तुम जाओगे तो मामा लोग समझेंगे कि बेगार टाल दिया। पापा की बात और है।"

अपनी माँ को पति के साथ भेज वह थोड़ी निश्चिंत हुई।

अल्ट्रासाउंड की रिपोर्ट भी शाम तक आ गई थी। 'लीवर सिरोसिज थी, संयम बरतना था। तुरंत कोई चिंता की बात न थी, पर बीमारी तो थोड़ी खतरे वाली थी।

अनीता ने फोन कर तीनों भाइयों को सूचित कर दिया।

बड़ी भाभी का तो दोटूक उत्तर था, "जब आप सबकुछ कर रही हैं तो हमारी जरूरत ही कहाँ है?"

पर जरूरत माँ की आँखों में महसूस हो गई थी। उनमें न चाहते हुए भी बेटों के लिए उम्मीद की एक किरण बाकी थी। वह सिर्फ इतना कह पाईं, "अनीता देख लो, दिलीप जरूर आएगा। उसको ठीक से फोन करके बता दो।"

और अनीता भी रोज ठीक से फोन करके अपने भाइयों को बता दे रही थी।

सात दिन और सात रातें उसने माँ के आँचल के साए तले काटीं। कोई दिन ऐसा न बीता होगा, जब माँ बेटों को याद कर रोई न हो। उधर अनीता ने उनकी सेवा में कोई कसर न छोड़ी थी। पूरी-पूरी रात सिर्फ पलकों में ही कट जाती थी।

सातवें दिन माँ के स्वास्थ्य में पहले से काफी सुधार था। बीचवाला भाई माँ को लेने आनेवाला था। माँ सुबह से ही प्रफुल्लित थीं। होती भी क्यों न! वह वापस अपने घर जो जा रही थीं। दोपहर होते-होते भाई आ गया। आते ही उसने माँ के हाथ को मुलायमत से सहलाना शुरू किया।

"बेटा ठीक हो!" इससे पहले कि बेटा माँ से पूछता, माँ ने ही प्रश्न दाग दिया। "और घर में बच्चे! सबकी बहुत याद आई। और सविता!"

"माँ सब ठीक हैं। भइया आए थे।" नहीं, भइया आए तो नहीं, पर अगर उन्हें ठीक से खबर हो जाती तो जरूर आते। शायद स्वस्ति आई होगी, अपनी ससुराल से। अब उनको छोड़कर कैसे आते?"

अनीता ने माँ का सब सामान बाँधकर अपने छोटे भाई को पकड़ा दिया और साथ में इलाज के सारे कागज।

"दिलीप से काफी संपर्क साधने की कोशिश की, पर सब व्यर्थ। शायद उसे डर हो कि माँ के इलाज में अच्छी-खासी रकम लगेगी।"

"नहीं बेटा, दिलीप ऐसा नहीं है। पिता के इलाज और मरनी-करनी में उसने ऐसे ही थोड़े न बीस हजार रुपए फूँक दिए थे। किसी कारण से वह फँस गया होगा।"

अनीता चुप रही। पुत्र-मोह से माँ ग्रस्त थी। अगर इतना मोह न किया होता तो आज ऐसी दुर्दशा उनकी न होती। सबकुछ पुत्रों को दे दिया। खुद दीन-हीन बनी घूम रही थीं। पर शायद यही संसार का नियम है और बुढ़ापे में माता-पिता ऐसे ही पुत्रों के सामने लाचारगी का अनुभव करते हैं।

चलते वक्त अनीता और उसकी माँ की आँखें मिलीं। उनमें कहीं-न-

कहीं शर्मिंदगी का भाव था। माँ को यूँ ही अनीता के यहाँ पड़े रहना कतई न सुहाया था। पर करतीं भी तो क्या करतीं! जब जिंदगी अपने बस में नहीं होती तो इनसान को सबकुछ सहना पड़ता है और हालात के आगे हथियार डाल देने पड़ते हैं। जब तक जोरे पुस्त इनसान होता है, तब तक सबसे लड़ता फिरता है।

माँ ने धीरे से अपने बेटे के कान में कुछ कहा, बेटे ने जेब में हाथ डाला। थोड़ा टटोला पर खास कुछ न निकला। माँ ने धीरे से अपनी अँगूठी निकालकर बेटी के हाथ में रख दी।

"ये किसलिए सिद्धार्थ ?"

"दीदी, माँ कह रही हैं, इलाज में जो खर्च हुआ है।" 'इलाज में खर्च', अनीता के नीचे से तो जैसे धरती ही खिसक गई। तो इससे पहले कि अनीता प्रतिकार कर पाती, माँ को बैठाकर सिद्धार्थ रिक्शे से आगे बढ़ गया।

वह अँगूठी अनीता के हाथ से जमीन पर गिर पड़ी और उसकी चीख गले में ही घुट गई।

'माँ, बीमारी के इलाज का तो आपने मुआवजा दे दिया, पर उन सात रातों की कीमत आप देना भूल गईं, जो आपकी सेवा में मैंने व्यतीत किए थे। ओह! वो सात दिन!'

हाँ, वे सात रातें तो बिना अदायगी के आज भी बेटी का भाग्य बन, उसके अस्तित्व पर एक प्रश्नचिह्न लगा देती हैं।

शायद माँ बोली हों, 'बेटा! तुम्हारा खाकर नरक में भी जगह नहीं मिलेगी। काहे मेरे ऊपर एहसान लाद रही हो!'

□

तिजारत

वह भूख से मर गया था शायद या फिर पंजाब से लौटते हुए लू लग गई होगी। जो भी हो, उसकी लावारिस लाश स्टेशन से लगी हुई गाड़ी के डिब्बे में मिली थी। सबसे पहले उसे घीसू ने देखा था।

घीसू को खीसें निकालकर दाँत निपोरने की आदत थी, जब देखो, तब खिलखिलाना। अजब अहमक था। छोटी जाति के बल पर जमादार की परमानेंट नौकरी रेलवे में पा गया था। पर था बेचारा अभागा। घर में माँ-बाप थे, जो अगलगी में जून की ठठरी गरमी में ढह गए थे। बीवी, बच्चे और परिवार के नाम पर मैदान बिल्कुल साफ। कोई बड़ा होता तो बात करता। अबकी अक्तूबर तक कुछ नहीं बना तो पड़ोस की भटकती जुल्फैला, माफ कीजिए, ज्योति को महरिया बना लेगा। जुल्फैला नाम इसलिए पड़ा, क्योंकि जुल्फें हिलाती, कमर मटकाती, वह नैनों से घीसू पर डोरे डालती थी। अब घीसू भी कोई महात्मा थोड़े ही ठहरा कि बर्फ की तरह न पिघले।

सामने लाश देखकर उसके मुँह में पानी आ गया। चलो खुदा खैर करे मरनेवालों की, अब तो कुछेक दिनों की ठर्रे की चिंता गायब। सीधे लाश पहुँचा दूँगा अस्पताल के शिक्षा वार्ड में। वहाँ लड़कों को पढ़ने के लिए लाशों की सख्त जरूरत पड़ती है, एक का तो इंतजाम बस हो गया, समझो। बैठे-बैठे कड़क पाँच-दस हजार की बोली।

वाह रे! ऊपरवाले तेरी महिमा अपरंपार! पहले घीसू सीधा था। लावारिस लाशों को थाने में जमा कर देता था। और थानेदार बेच देता था। अब उसको भी धंधे के गुर आ गए हैं। कुछ कमीशन पकड़ा दो, काम खत्म। सब चुप

और सौ की सीधी एक चुप्पी। थानेदार चुप तो सब चुप और घीसू चुस्त। ऊपरवाले के फजल से महीने भर में दो-तीन लाशें आ ही जाती थीं। गरमी में अधिक और इसीलिए घीसू को गरमी पसंद थी। भूख और लू से मरनेवाले अधिक और उसका धंधा चोखा। न हींग लगे, न फिटकिरी और रंग चोखा-ही-चोखा! बैठे-बिठाए ऊपरी कुछ आ जाए, वह भी सीधे माध्यम से तो क्या हर्ज है!

शुरू-शुरू में तो उसे घिन भी आई थी और एक की तो आँखें रात भर उसे घूरती रही थीं। पर मुरदे भी कहीं जीवित होते हैं, कहकर उसने अपने को समझाया था और कसकर एक घूँट ताड़ी का सुड़क लिया था। उसके बाद से वह जब भी लाश बेचता, ताड़ी चढ़ा टुन्न हो जाता। अब मुरदे उसे परेशान नहीं करते थे। मुरदे वैसे भी किसी को परेशान नहीं करते। यह सब किस्से-कहानियों का शगल है और दादी का सुलाने का टोटका। नहीं तो सब फालतू का आडंबर। अब तो घीसू बड़ा हो गया है और उसे दुनिया के तरीके भी आ गए हैं।

दुनिया के एक तरीकों में था पैसा कमाना। घीसू ने काफी कोशिश की। वह लाश भारी थी। एक दिन पुरानी होने के कारण फूल गई थी। अंत में, जब न उठी तो टाँगों से खींचता हुआ, बाहर लाया और खींचते हुए वह उसको बैकयार्ड में ले गया। वहीं से फोन बूथ से फोन करके सौदा हो गया। अभी कुछ देर में अस्पताल के वार्ड ब्वायज आएँगे और उसे उठाकर ले जाएँगे। थोड़ी देर में सायरन बजाती गाड़ी आई और लाश आरामदेह गद्देदार सीट पर लादकर अपने गंतव्य के लिए निकल पड़ी। बस, घीसू का काम समाप्त। वह निश्चिंत हो दूसरी गाड़ी की सफाई करेगा। और रात में ठर्रे के जाम में मदहोश हो, नैन मटक्का के सपने देखेगा।

चीर-फाड़ के बाद अब लाश को सिल दिया गया था। पूरा दिन उस पर अध्ययन होता रहा था। अब चीर-फाड़ के बाद वह बेकार हो गई थी। एक बेजान शख्सियत, एक गुमनाम व्यक्तित्व अब उसके प्रति किसी को कोई भी सार्थकता नहीं समझ में आ रही थी। क्लास के बाद उसे बाहर मुरदाघर में

डाल दिया जाएगा। और उसे डाल भी दिया गया। शायद उसके नसीब में वहीं पड़ा होना भी नहीं था। जितनी लंबी यात्रा में उस जीव का अंत हुआ था, अभी उससे भी लंबी उसके मानव शरीर को यात्रा सहनी थी।

उस पर सफेद कफन डाल, उसे फुलवरिया ले बाहर अस्पताल के बैठ गई। बिखरे बाल, मैली-कुचली साड़ी, पैर में चप्पल नहीं।

"हाय मेरा सुहाग, मेरा सुहाग बिन इलाज के चल बसा। कोई तो रहम करो!"

और उसकी चीख अस्पताल परिसर तक भी सुनी गई थी। वार्ड ब्वाय के कानों तक भी यदा-कदा पहुँची थी। और फुलवरिया जानती थी कि उसकी चीखों का सबब बन, जो धन मिलेगा, उसमें उनका भी हिस्सा है। कोई बात नहीं। मिल-बाँटकर ही दुनिया चलती है।

मानवता शायद अभी मरी नहीं थी। लोग गुजरते और उस बदबूदार लाश के कफन के वास्ते चवन्नी, अठन्नी या रुपया दे जाते। जैसी जिसकी औकात, वैसा उसका धर्म। या जैसा जिसका ईमान, वैसे उसके कर्म। फुलवरिया हर आने-जानेवाले पर निगाह रखती और फिर चीख मार लाश पर सिर पटकने लगती। बिल्कुल मार्मिक चित्र था। ऐसा लगता मानो, जैसे कोई उसका अपना सगा नहीं रहा था। और थोड़ी देर में अच्छी-खासी भीड़ भी जुट गई। जीवन में मजमा लगानेवालों और फालतू के तमाशबीनों की कहाँ कमी है? लोगों के पास वक्त-ही-वक्त है और फिर दुःख-तकलीफ में तो शरीक होना इनसानियत की बात है। हम इनसान कुत्ते-बिल्ली से तो बेहतर सामाजिक प्राणी हैं। जन्म से लेकर मृत्यु तक भीड़ इकट्ठा करने में माहिर हैं।

थोड़ी ही देर में फुलवरिया के पास कफन के वास्ते अच्छी-खासी रकम इकट्ठा हो गई।

"चलो, लाश को इज्जतदार मिट्टी तो नसीब होगी।"

इसी बीच फुलवरिया का पति और दो जवान बच्चे आ गए। इस बीच भी फुलवरिया का विलाप जारी था।

"हाय, मैं स्वयं क्यों न चली गई! ये दिन भी देखना नसीब था। अब मेरा

क्या होगा? मुझको भी साथ लेते जाते।" और विलाप जारी था।

उसके पति और बच्चों ने लाश को उठाने में मदद की और उसे उठाकर पीछे मुरदाघर में छोड़ दिया।

"चलो अब विलाप बंद भी करो। आज की तो कमाई जबरदस्त है। और वहीं बरगद की छाँव के नीचे उसका पति और बच्चे नोट गिनने लगे।

एक, दो, तीन, चार, पूरे दो हजार। वाह रे ऊपरवाले! तू ऐसे ही लोगों को मारता चल और हमारा पेट पालता चल।"

वह लाश उस मुरदाघर में दो-तीन दिन पड़ी रही। जमादारों को होश तब आया, जब उसमें से बदबू आने लगी।

एक सफाई कर्मचारी बोला, "क्या करें इसका?"

"अरे! करना क्या है? उठाकर हॉस्पिटल के पीछे श्मशान में फेंक दो। पाँच सौ-हजार लाश को जलाने के वास्ते मिल जाएँगे। यहाँ पड़ी रही तो साँस लेना दूभर हो जाएगा। साला मरा पर अपना अता-पता भी न छोड़ गया। कम-से-कम घरवालों को तो इत्तला मिल जाती। बेचारे इसका आसरा देख रहे होंगे और ये यहाँ!"

पहलेवाले ने थोड़ा कसकर ठहाके लगाए और बीड़ी सुलगा ली—"अरे, कब से तुम इतना भावुक हो गए। अपुन का धंधा तो ये क्या कहते हैं यार, रोना-वोना माँगता नहीं हैं, अपुन फिर आदमी है। साला कोई मरे, कोई जिये, अपुन को क्या! अपुन के लिए तो ये एक लाश है बेजान, बिल्कुल बेजान।" और उसकी आवाज में तारतम्य टूट गया।

दोनों ही चुप थे। एक अजब-सी खामोशी वातावरण में पसरी हुई थी। शायद मौन रहकर दोनों वातावरण से बचना चाह रहे थे। कभी-कभी शब्द पीड़ा को बढ़ा देते हैं, पर मौन रहकर आदमी उस तकलीफ से बचने और भागने का प्रयास करता है। दोनों ही एक-दूसरे से आँखें चुरा रहे थे। उन्होंने धीरे से लाश को उठाने का प्रयास किया। एक प्रयास में न उठी।

"अरे, बड़ी भारी है भाई! फिर से उठाओ।" और उन्होंने उठाकर स्ट्रैचर पर लाद दिया। धीरे-धीरे मदमस्त चाल से चलते हुए दोनों श्मशान घाट पर

पहुँच गए। लाश को नीचे रखा गया। दोनों की निगाहें मिलीं। कुछ संवाद संप्रेषित हुए। ये संवाद हर लाश के साथ एक ही होते थे। लाश को नीचे गिरा, दोनों बिना मुड़े, तेज कदमों से वापसी के लिए चल पड़े।

बरगद की छाँव में पहुँच दोनों ने बीड़ी सुलगाई और एक कश मारा, तब जाकर कहीं दोनों को दम आया। तेजी से दोनों ने एक साथ कश मारा और मानो किसी आफत से पीछा छूटा हो और चुपचाप कश-पर-कश लेते रहे, बिना किसी संवाद के। जब मौत जैसे वीभत्स सत्य के समक्ष भी इनसान इतना बेमानी हो जाता है तो संवाद तक मौन हो जाते हैं। मौत प्रत्यक्ष मौन है और उसके प्रति संवेदनहीनता, कहीं पर मौत बिकती है तो कहीं पर जिंदगी।

उस लाश के घर में चार दिनों से चूल्हा नहीं जला था। भरा-पूरा परिवार था। बूढ़ा बाप था, जो दिन भर खटिया पर पड़ा खाँसता रहता था। माँ को मरे अरसा हो गया था। शुक्र है, कैंसर में लाइलाज जल्दी मर गई। जी जाती तो भोग जाती। भगवान् ने सुन ली और उठा लिया। फटेहाल चिथड़ों में लिपटी बीवी थी, जो खेत-खलिहानों में काम कर अपना और अपने परिवार का दो जून पेट भरती थी। और ले-देकर पाँच बच्चे। तीन लड़कियाँ और दो लड़के। लड़कियाँ तो खेत में उसकी मदद करती थीं और लड़के छोटे थे, यही कोई सात-आठ साल के। छोटावाला तो मात्र छह साल का था और तीन दिन से उसको तेज बुखार था। सावित्री रह-रहकर उद्विग्न हो उठती थी। वह लाश, जिसका नाम शंकर था, शव बन मुरदाघर में पड़ा हुआ था। उसने पंजाब से तार भेजा था कि वह घर के लिए चल चुका है।

"फिर कहाँ रह गया रे तेरा बाप? परिवार पालने का दम नहीं और पैदा करके डाल दिए पाँच-पाँच। छठा आनेवाला है। अब मैं क्या करूँ, तुम्हारा बुखार तो उतरता नहीं है? घर में पैसा भी नहीं। कहाँ से इलाज हो?" अपनी लड़की को बेटे के पास बैठा करके वह अपने मालिक के पास गई।

"साहब, रहम।"

"सुधार अपने कदम सावित्री। पैसा तेरे ऊपर बरसेगा। ये क्या सूरत बना रखी है, जा, खजाना खुला है। ले जा। पर ध्यान रखना, इसकी भी कीमत है।"

और सावित्री कीमत चुकाने के लिए तैयार थी। बेटे को अपने सामने तड़पता हुआ, मरता हुआ वह नहीं देख सकती थी। पेट भरे न भरे, पर जान है तो जहान है। और कभी भी जिंदगी से कीमती मौत नहीं हुई है।

अकसर उसके मन में विचार आया कि बच्चों सहित आत्महत्या कर ले। पर कायरता विवशता बन उसका हाथ रोक लेती थी। छोटे-छोटे बच्चों का मासूम चेहरा जैसे ही नजरों में आता, उसका बढ़ा हुआ हाथ रुक जाता।

नहीं, जीवन बहुमूल्य है। निरुद्देश्य है तो क्या हुआ। पेट भरने की जद्दोजहद है तो क्या हुआ! वह कम-से-कम भूख से अपने बच्चों को मरने नहीं देगी। कुछ भी करे, पर भोजन का इंतजाम वह अवश्य करेगी। और भोजन की कीमत वह चुकाती आई थी। गिद्धों की हवस का शिकार वह बनती आई थी। खूँखार आँखें और लपलपाती जबान!

गिद्धों का जमावड़ा मैदान में लगा हुआ था। एक, दो, तीन, चार, नहीं; पाँच थे। खूब बड़े-बड़े। खूँखार आँखें, वीभत्स शरीर। चोंच मार-मार उस बेजान शरीर को नोंच खाने के लिए उद्यत थे। भूख थी—उनको पेट तो भरना ही था। शायद आज कई दिनों के बाद भोजन नसीब हुआ था, क्योंकि मिनटों में ही लाश गायब हो गई। रह गईं तो सिर्फ अस्थियाँ। गिद्ध अपना काम तमाम कर अपनी अनंत दिशाओं में उड़ गए थे। शायद फिर कभी भी न मिलने के लिए।

मुरदे तो खाक में मिल जाते हैं, पर अस्थियाँ छोड़ जाते हैं, अपने नामोनिशान के लिए। पर मुरदे भी कभी भी क्या खाक जिया करते हैं? भूख की आग को भी तो सिर्फ जिंदादिल बुझाया करते हैं।

खाक डाले ऐसी जिंदगी पर, जो मर के ही काम आई। जीवन तो था जीने के लिए, जी सके तो भरसक जी।

□

मकान

जीवन में अनंत सपने होते हैं। कुछ आधे, कुछ अधूरे। ऐसे ही विभाजी का भी जीवन के अंत तक सपना था कि वह एक मकान बना पाती। हर इनसान का एक ख्वाब होता है। विभाजी के प्राण बसते थे एक मकान में।

सही भी है, एक छत के बगैर जिंदगी भी कोई जिंदगी है! सभी चाहते हैं कि रोटी, कपड़ा और मकान, जीवन के हैं ये तीन काम। रोटी-कपड़ा के जुगाड़ में तो पूरी जिंदगी कोई दिक्कत न हुई, पर मकान का सपना, सपना-सा ही प्रतीत होकर अंत तक रह गया। तीन पुत्र पर भी कहीं चार पुत्रवधुएँ आज के समय में भी कहीं हो सकती हैं। पर बहुएँ मार डाली जा सकती थीं और नई आ जातीं, पर ऐसा बहुत कम होता है। ज्यादातर बहुएँ तो प्रताड़ित होते-होते ही जिंदगी बिता देती हैं; क्योंकि उनकी सासु माताएँ उनका साँस लेना दूभर कर देती हैं।

ऐसी ही थीं हमारी विभाजी। बेहद कठोर पर जीवनपर्यंत मकान का सपना ही आँखों में सँजोए रही। ससुर के बनाए हुए मकान में ताउम्र रही, अत: ईंट-से-ईंट लगाकर इमारत खड़ी करना बड़ा मुश्किल-सा कार्य प्रतीत होता रहा। पर अपना भी एक मकान हो, बंद आँखों में खोया हुआ-सा सपना बना रहा।

लोग बंद आँखों से सपने देखते हैं। वह खुली आँखों से भी भवन-निर्माण का सपना देखती थी। उसी सपने की परिणति था वह मकान, जिसके निर्माण में वह स्वयं ही नींव बन गई। ईंट-से-ईंट जोड़कर मकान का निर्माण शुरू हो गया। पसीने की एक-एक बूँद टपकती जाती और एक-एक ईंट

में बदलती जाती। कितना पसीना टपका और कितनी ईंटें लगीं, ये विभा को भी नहीं पता चला। पता तो तब चला, जब वह अपने को स्वयं अर्पित कर मकान में परिवर्तित-सी हो गई। मकान बनाना है भी एक कठिन कार्य। एक आम हिंदुस्तानी मकान बनाते-बनाते स्वयं मानो खत्म-सा हो जाता है। विभा तो मानो एक मनुष्य से मकान में परिवर्तित हो गई थी। उनका एक-एक बाजू एक-एक कमरा बन खड़ा था। उनकी आँखें उस मकान में हो रही हर हलचल पर केंद्रित थीं। उनकी गरम साँसों से मकान में ऊष्मा पैदा होती थी। उनके कान उस मकान की हर आहट का जायजा लेते थे। बाजुओं में इतना दम था कि मकान उन पर टिका था। उनके चरण, कहीं गहरे नींव में दफन हो गये थे और मकान में दृढ़ता और मजबूती प्रदान कर रहे थे। उनके हृदय के कंपन से उस मकान का दिल धड़कता था। शायद उस मकान की आत्मा उनके वक्षस्थल में बसती थी। वह माँ थी, इसलिए सपनों को सँजोकर अपने हृदय की कोठरी में बंद कर दिया था उन्होंने।

मकान के निर्माण में पुत्रों ने पूरी मदद की, पर अब जैसे उनके सपने पंख लगा उड़ान भरने लगे थे। उन सपनों को पूरा करने में मदद उनके बेटे भी पूरी तन्मयता से कर रहे थे। माँ का सपना बच्चों का सपना बन छलक रहा था और अंततः उस मकान में बच्चों के साथ उनका का प्रवेश हो ही गया।

उस मकान का उस दिन गृह-प्रवेश था और माँ के चरणों से होते हुए सबने उस मकान में प्रवेश किया। पूरा मकान मानो गुंजायमान हँसी से कौंध उठा। सभी पुत्र एवं पुत्रवधुएँ तैयारियों में जुट गए। एक-एक कोना उनके स्पर्श से सजने लगा। सभी व्यग्र थे, सभी उत्साहित। सभी को जैसे होड़ थी कि कैसे वह आगे बढ़कर मकान को बेहतर से बेहतर सुसज्जित कर सके। माँ का हृदय आनंद से भर उठता था। उसका मकान कोकिल ध्वनियों से गूँज उठा। विभाजी अपने उद्देश्य में शत प्रतिशत कामयाब रही थी। जब सपने हकीकत में बदलते हैं तो यकीनन इनसान सफलता के हर्ष में मदहोश हो जाता है; क्योंकि जीवन में सपनों का फलीभूत होना स्वयं एक सपना है और मकान में परिवर्तित विभा ठठाकर हँस पड़ी। उसकी हँसी ऊर्जा बन पूरे घर में फैल

गई और जब हँसी का आखिरी पड़ाव आया तो वह आग बन घर में फैल गई। क्रोधाग्नि की आग, ईर्ष्या की आग और उससे भी ऊपर स्व की आग। सबकी ज्वालाएँ धीरे-धीरे कब मकान के अंदर प्रवेश करने लगीं, किसी को भी इसका भान न हुआ।

बच्चे अपने एक-एक कमरे को सजा रहे हैं। वह आह्लादित होती। घर को सजाते हुए माँ नहीं समझ पा रही है कि बच्चे अपने लिए घर को सजा रहे हैं, पर माँ को लगता है, मानो वह स्वयं सज रही है।

जैसे मकान बनते ही जीवन की गाड़ी सुचारु रूप से चलने लगी। पहले कुछ दिन तक नहीं, कुछेक महीने-साल कहना ठीक होगा, क्योंकि तब तक सब सुचारु चलता रहा। माँ रूपी मकान का उपभोग सब मजे से करने लगे। अपना-अपना परिवार, अपनी निजी जिंदगी। शुरू-शुरू में तो जैसे सब बच्चे एक साथ माँ के वक्षरूपी कमरे में इकट्ठे होते थे, पर धीरे-धीरे जैसे सब अब छितरने लगे। माँ का सीना खुला रहा, पर दूरियाँ बढ़ने लगीं। वक्ष के अंदर एक ज्वार उफान मारता, हिचकोले ले तूफान लाता, पर धीरे-धीरे हाथ को हाथ नहीं सूझता था। माँ वहीं थीं, मकान वहीं था, पर दूरियाँ अधिक थीं, बहुत अधिक।

पहले माँ का हृदय सजता था, अब उसकी भुजाओं में स्थित कमरे सुसज्जित होने लगे। धीरे-धीरे घर का एक कोना सजा, फिर दूसरा, फिर तीसरा और कोने-कोने में मकान सजने लगा। पहले जो एक संपूर्णता थी, वह समाप्त होने लगी। अब टुकड़ों-टुकड़ों में पूरा संसार बसने लगा। जब तक वह आग एक चिनगारी का रूप थी, तब तक बस सिमटती रही, पर जैसे ही ज्वाला बनकर धधकी कि माँ का हृदय भी जलने लगा। और आग थोड़ी अधिक ही थी। थोड़ी बहुत आग होती तो आसानी से बुझ भी जाती, पर जब ज्वाला धधकती है तो वह अपने मुँह का ग्रास सभी को बना देती है। जो उसको बुझाने जाता है, वह भी जलकर भस्म हो जाता है। और उस मकान में भी यही हुआ। धीरे-धीरे ही सही, पर आग कैसे फैल गई, कोई नहीं जान पाया। अंदाज तब लगा, जब लौ की ऊष्मा महसूस होने लगी।

तब तक रिश्तों को आग ने निगलना शुरू कर दिया था। रिश्ते एक बहुत ही नाजुक डोर से बँधे होते हैं। एक हल्की सी तरंग और वह टूट जाते हैं। रिश्तों की डोर को बहुत सहेजकर रखना पड़ता है, नहीं तो टूटते उनको देर नहीं लगती।

उस दिन तो एक कमरा दूसरे से बोला, "तुम्हारी मजाल कैसे हुई मेरी कुरसी उठा ले जाने की? इसमें तो बाबू पढ़ता है। यह उसके पिता ने उसके लिए लाकर दी थी। चुपचाप हमारी चीज वापस करो।"

और चुपचाप न सही, थोड़ी अशांति से वह कुरसी चलते हुए वापस अपने स्थान पर पहुँच गई। कुरसी को थोड़ा गुमान भी हुआ कि देखा मेरा महत्त्व! दो सगे परिवार मेरे कारण आपस में लड़ रहे हैं। रात भर सामानों की खट-पट सुनाई पड़ती रही। पूरा परिवार तो सो गया, पर माँ का हृदय जाग रहा था। दिन में वह कुरसी उसको भेदती हुई गई थी। उस कुरसी की ठक्-ठक् को उसने अपने सीने में महसूस किया था। तभी से कानों में वह ठक्-ठक् की ध्वनि गुंजित हो रही थी और माँ का हृदय काँप उठा।

माँ रूपी मकान धीरे-धीरे उष्मा से भरने लगा। यह शायद आनेवाले भूकंप का पहला झटका था और पूरी शिद्दत से उसने महसूस किया था। झटका बहुत मामूली था, पर निस्संदेह नींव को हिला गया था। शायद उस झटके के स्पंदन माँ रूपी मकान काफी दिनों तक महसूस करते रहे थे।

जब भी भूकंप के झटके आए हैं, मामूली ही सही, नींव कमजोर कर जाते हैं और आनेवाले तीव्र झटकों का संकेत दे गए हैं; क्योंकि झटके वहीं आते हैं, जहाँ धरती कमजोर होती है और आने के बाद दरारें छोड़ जाते हैं।

वह माँ रूपी मकान शायद यह समझ नहीं पा रहा था कि गलतियाँ कहाँ हुई हैं! उसने तो अपना सबकुछ न्योछावर कर दिया, पर फिर यह त्रुटि कहाँ है, क्यों है? हृदय के साए तले सब पुत्र, पुत्रवधुएँ एकत्रित होती, पर बेनूर सी। अब वहाँ परिवार के किसी सदस्य का जमावड़ा नहीं होता था। वह छत अब किसी को प्रश्रय नहीं देती थी। प्रश्रय देती थी तो सिर्फ एक अजीब-सी खामोशी को, जो सिमट आई थी उन रिश्तों में, दरारों के साथ, उन तहजीबों

में खामोशी ने अपना अमली जामा लपेट लिया था।

पहले-पहल तो वह वक्षस्थलरूपी कमरा खुला भी रहता था, पर धीरे-धीरे जब सबने वहाँ आना और एक साथ मिलना-जुलना छोड़ दिया तो बड़ी बहू ने आकर उसको बंद कर दिया। जब वह दरवाजा बंद हुआ तो हवा में भी कोई सरसराहट नहीं हुई थी। न कोई वाद-प्रतिवाद, सिर्फ एक एहसास कि वह हृदय, जिसके साए तले सब मिलते थे, आज से बंद हो गया है।

शायद आगे बढ़ने के लिए बदलते वक्त और हालात के साथ समझौता होता है; क्योंकि आज तक कोई भी वक्त के साथ टक्कर नहीं ले पाया है। धीरे-धीरे एक विशाल अट्टालिका तैयार हो गई। आजकल जब पूरा देश सिमटकर तीन कमरों की कैद में समा रहा हो तो बड़े-बड़े घर अट्टालिका के माफिक ही प्रतीत होंगे। उस मकान को बनाने में एक पूरे परिवार का एक सम्मिलित प्रयास लगा था।

उस दिन वाला तांडव झटका न था, भूकंप था और अगर मापदंड देखा जाए तो काफी तीव्र। बड़ा भाई छोटे भाई से हिसाब-किताब की रकम पूछ रहा था। और हिसाब में गड़बड़ी आने पर बड़े भाई का पारा चढ़ रहा था। दोनों भाइयों की पत्नियाँ भी जोर-शोर से इस भूकंप को बढ़ा रही थीं। बात रुपए से शुरू होकर पहले बीवियों पर आई और फिर ले-देकर बच्चे भी इसका मोहरा बनने लगे। जब तक बात पुत्रवधुओं पर थी, तब तक माँ का हृदय आनंदित हो रहा था। अपने जानी दुश्मनों को यूँ लड़ते और जलील होते देख कौन आनंदित नहीं होगा? पर जब बात पोता-पोतियों पर आई और उनका हिस्सा होते देख, माँ की हृदयरूपी नींव हिलने लगी। बड़ा चीखा, "माँ ने ही तुम्हें इतना सिर चढ़ा दिया है, इतना संरक्षण दिया कि तुम बड़े-छोटे का कायदा भूल गए हो। माँ की ही परवरिश में कोई दोष था, जो तुम इतने बेईमान निकले। अब हम साथ नहीं रहेंगे। बीच में दीवार खिंच जाएगी और अपना हिस्सा बेचकर तुम मेरा हिसाब चुकता करो।"

देखते-देखते भाई-भाई के कमरे के बीच दीवार खिंच गई। माँ का एक बाजूनुमा कमरा एक भाई को मिला और दूसरा दूसरे को। दीवार ठीक माँ के

हृदय के बीचोबीच खिंची, और माँ का कलेजा फट गया।

दीवार खिंचना भी उस मकान के लिए काफी न था। कुछ दिनों बाद वहाँ कोर्ट का नोटिस लग गया। यह भूमि नीलामी के लिए है।

बड़े भाई ने छोटे भाई पर चार सौ बीसी का मुकदमा कर दिया था और अपना हिस्सा वापस लेने के लिए कोर्ट में वसूली का नोटिस दे दिया था। माँ रूपी मकान सरेआम, सरेबाजार नीलामी के लिए तैयार था। उसकी कीमत देनेवाला चाहिए था।

ऊँची बोली का दिन आ गया।

दस लाख एक, दस लाख दो और दस लाख तीन।

मकान अब फलाँ-फलाँ मिष्ठराम प्रसाद का हुआ। अब कानूनन शंकर साहू और उमेश साहू को बतौर मुआवजा यह रकम दी जाएगी। मुकदमा खत्म हुआ। और माँ बिक गई, उनका सपना बिक गया। दूसरे दिन ही उमेश साहू और शंकर साहू अपने-अपने रास्ते चल दिए। अपने कमरों को समेटने में उन्हें ज्यादा वक्त न लगा। मकान बनाने में जितना वक्त लगा था, उससे भी कम उसको टूटने में लगा।

शंकर के बेटे ने एक उचटती निगाह उस टूटी कुरसी पर डाली, जिसके कारण वह एक बार अपने चचेरे भाई से लड़ा था।

"पापा, इस कुरसी का क्या काम? ये तो बिल्कुल बेकार है। क्या करेंगे, इसको ले जाकर?"

"हाँ बेटा, फेंक दो। आलतू-फालतू चीजों को इकट्ठा नहीं करना चाहिए।"

बेटे ने तो ठीक से ही कुरसी फेंकी थी, पर वह सीधे माँ के हृदयरूपी कमरे पर गिरी और वहाँ छेद कर गई।

अब वहाँ कोई झटका नहीं लगा क्योंकि वहाँ कोई उबाल नहीं था। वहाँ का वेग बर्फ के सदृश शांत था। वह कुरसी वहीं पड़ी रही।

शंकर साहू और उमेश साहू के जाने के बाद नीलामी पर जिन साहब ने मकान खरीदा था, उन्होंने प्रवेश किया।

आते ही अपने मुनीम को पहला आदेश दिया।

"गिरा दो ये दीवार, तोड़ दो सारे कमरे। यहाँ पर एक शराबखाना बनेगा।" तत्काल ही माँ रूपी मकान जमींदोज हो गया। कुछ ही दिनों में उसका नामोनिशान न बचा। ट्रैक्टर रौंद-रौंदकर माँ रूपी मकान के अंगों को तहस-नहस करने लगा। एक हिस्सा यहाँ गिरा, दूसरा वहाँ।

नींव वहीं रह गई।

कुछ ही दिनों में वहाँ एक नया पेंट किया हुआ बोर्ड लगा-

' *स्वनिल मयखाना आइए,*
जन्नत का मजा पाइए।

मयखाने के गीत से नींव की ईंट बज उठी।'

माँ का सपना था मकान। हर इनसान के जीवन का एक सपना होता है। अफसोस सपने देखना गलत नहीं पर सही सपनों का चुनाव होना चाहिए। माँ ने अगर घर का सपना देखा होता तो आज भी दोनों भाई साथ होते। घर, घर होता है और मकान मकान!

मकान चहारदीवारी से बनता है, जिसको ढहने में ज्यादा समय नहीं लगता, पर घर रिश्ते की खुशबुओं से बनता है। उनमें इतनी ऊर्जा होती है कि रिश्ते उसी ऊर्जा से जुड़े रहते हैं।

माँ का सपना—क्या सही था?

□

परछाईं

तुम तो मुझको छोड़कर चले गए थे, हमेशा-हमेशा के लिए, एक ऐसे जहाँ में जहाँ से कोई शायद जाकर वापस नहीं आता। कैसे जाता है, पता है? मैंने तो तुम्हें अश्रुपूरित निगाहों से अपने घर से विदा किया था, जैसे कोई छोटी दीवाली के दिन यम का दीया निकालकर बाहर रखता है, कभी वापस अंदर न लाने के लिए। तुमको मैं हर बार विदा करती थी ड्यूटी पर जाने के लिए तो तुम वापस आ जाते थे। उस दिन क्यों नहीं आए? और मुझसे क्या खता हो गई थी, जो तुम रूठ गए थे?

तुम्हारा ही यह निर्णय था कि मैं बच्चों के साथ इसी शहर में रह जाऊँ और तुम जिस शहर में तुम्हारा तबादला हुआ था, वहाँ ज्वॉइन कर लो। दोनों शहरों में ज्यादा दूरी नहीं थी। अत: हर शनिवार-इतवार तुम मेरे पास चले आओगे। तुम आते भी थे। पूरे हफ्ते मुझे तुम्हारा इंतजार रहता था, पर सप्ताहांत शायद प्रतीक्षा की बेसब्री बढ़ा देता था। मैं बाहर गेट पर पीछे निगाहें लगा तुम्हारी गाड़ी का इंतजार करती थी। तुम्हारे आते ही वह सूना-सा पड़ा घर जैसे एकदम से खिल उठता था, मानो सूनी पड़ी धरती पर जैसे वर्षा की प्रथम फुहारें पड़ी हों और वह लजाकर हरीतिमा की चादर ओढ़ ले रही हो।

तुम्हारे रहने से कब वक्त बीत जाता था, पता ही न चलता और फिर पूरे सप्ताह का कष्ट। शांत से घर में तुम कैसे जान डाल देते थे! तुम्हारा स्पर्श को मैं हर जगह महसूस करती थी। जब तक तुम रहते, तब तक यह एहसास भी मुझको न हो पाता कि तुम्हारी साँसें कैसे इस कमरे के एक-एक कोने में बस गई हैं!

मैं सुबह उठकर आईने में जब निगाह डालती तो तुम वहाँ शीशे के पीछे खड़े होकर बोल रहे होते। पिछली बार जब तुम आए थे तो अपना टूथब्रश भूल गए थे। उसको पहले मैंने सहेजकर रखना चाहा कि तुम जब इस बार आओगे तो तुम्हें सौंप दूँगी, पर उसको छूते ही मेरे हाथों में एक स्पंदन हुआ और मैं सिहर उठती। तुम्हीं तो कोमलता से मेरा हाथ छू रहे थे। वह तुम ही तो थे, जिसको मैं कैसे नहीं महसूस कर पाई ?

तुमको कपड़े सहेजकर रखने की आदत है और मैं ठहरी अस्त-व्यस्त। इस बार तो तुमने हद कर दी। जाने के पहले मेरी अलमारी का एक-एक कपड़ा तुम सहेजकर रख गए थे। शायद मेरे अस्त-व्यस्त जीवन को तुम सहेजना चाहते थे। मैंने जब पहनने के लिए काली साड़ी खोली, जो तुमको बेहद प्रिय थी, तो मैं तुम्हारे एक-एक स्पर्श को अपने अंदर महसूस कर रही थी।

शायद यह भी तुम्हारी कोई शरारत रही हो, मुझे सताने की। अब तो मैं हर कपड़े पर उभरे हुए तुम्हारे निशान के साए में ताउम्र सिमटी रहूँगी। तुम मुझको हमेशा ढके रहोगे, हर तकलीफ में ढाल बनकर।

तुममें बहुत चुलबुलापन था। तुम खुद ही कहते थे कि जिंदगी छोटी-सी है, इसको पूरे तौर पर जी लेना चाहिए। हमें यह नहीं पता था कि तुम्हारी जिंदगी इतनी छोटी होगी! शायद तुम्हें अपने जाने का एहसास था। इसीलिए इस बार जब आए थे तो देव के सूर्य मंदिर लेकर गए थे। एक घंटे के सफर में दस लोग गा-बजाकर आनंद मनाते रहे थे, पर तुम पूरा समय चिंतित थे। बाद में तुमने बताया कि चूँकि तुम कार ड्राइव कर रहे थे और पूरा परिवार उसमें था, उसकी जिम्मेदारी तुम्हारी थी और तुम उस भार को उठा कर चिंतित थे। तब भी बीच-बीच में मौका निकालकर तुम कनखियों से चश्मे के बीच में मुझको देख लेते थे और मुझसे निगाह मिलते ही तुम मुसकरा पड़ते, जैसे मेरी चोरी पकड़ी गई हो। तुम हाई-वे पर कोई भी रिस्क नहीं लेना चाहते थे। पर अब हमें दुघर्टना से कौन बचाएगा ? हम सबकी नौका को कौन पार लगाएगा ? शायद इसीलिए तुम हम सबको ईश्वर के संरक्षण में सौंपना चाहते

थे कि तुम्हारे जाने के बाद हम सब उनकी छत्रच्छाया में रहें।

इतनी तड़प, इतनी पीड़ा। ओफ! आज भी जब मैं मंदिर के प्रांगण में प्रवेश करती हूँ तो तुम्हारे साए तले ईश्वर का नमन करती हूँ। वह जगह, जहाँ तुमने झुककर ईश्वर की पूजा की थी, मैं आज भी वहाँ तुम्हें महसूस करती हूँ। तुम्हारे साथ मंदिर जाना मेरे लिए सबसे अनुपम ईश्वर का प्रसाद था। कहाँ उसकी पूजा में चूक हो गई, जो तुम हमेशा के लिए मेरी जिंदगी से चले गए?

ईश्वर पर चढ़ी हुई माला तुमने मेरे गले में डाल दी थी। आज भी मैंने उसे सहेजकर रखा है। मेरी जिंदगी की वह अमूल्य निधि है।

जब तक पास थे, तब तक जीवन का मूल्य नहीं पता था। सबकी जिंदगी सुचारु चलती है, मेरी भी चल रही थी। सबकुछ जीवन में कितना अचानक होता है! अपने यूँ हमेशा के लिए छोड़कर चले जाते हैं और ऐसी रिक्तता छोड़ जाते हैं, जिसकी पूर्ति कोई नहीं कर सकता।

तुम्हारे आने से पहले ही तुम्हारे कदमों की चाप की गूँज कानों में पड़ जाती है। आज भी मैं हर चीज में तुम्हारा स्पर्श महसूस कर रही हूँ।

इस बार जब तुम आए थे तो शायद सोचकर आए थे कि अबकी दुबारा यह आने-जाने का क्रम खत्म हो जाएगा। काश, इस भवसागर से आने-जाने का क्रम तुम्हारा खत्म न हो? मैं अगले जन्म में भी तुम्हारी अर्धांगिनी बनूँगी। जीवन भी कैसा हो, सिर्फ चलता रहता है। रुकना तो हम जानते हैं। रुक जाते हैं, दूर जाते हैं। मैं भी सिर्फ जिए जा रही हूँ, चूँकि मर नहीं सकती। जिंदगी के सफर में हँसकर ही सही, गम को जिए जा रही हूँ।

दौलत है खजाने भर की, पर असली दौलत की तड़प है। यादें हैं हसीन, उन्हीं को सँजोने की चेष्टा मात्र है।

जाने के पहले बच्चों ने बोधगया घूमने की जिद की थी। इस बार तुम बोले थे कि मैं ही गाड़ी चला लेता हूँ। घर से वहाँ तक का सफर अंतहीन होता तो कितना अच्छा होता! सड़क के हर घुमावदार मोड़ पर तुम मुसकरा पड़ते थे। अब अगर कोई भी घुमाव आएगा तो मैं किसका सहारा लूँगी? जब तुम गियर बदलते थे तो अनायास ही मेरे हाथों का स्पर्श तुम्हारे हाथ को करता था

और तुममें एक नया स्पंदन पैदा हो जाता था। आज भी तुम्हारे हाथों का स्पर्श उसके ऊपर मैं महसूस करती हूँ। जब गाड़ी चलाती हूँ तो तुम जाने कहाँ से अनायास मेरे बगल की सीट पर आ जाते हो और मेरा मार्गदर्शन करते हो। मैं अकेली कहाँ हूँ? तुम हमेशा मेरे साथ चलते हो।

याद है, वह मुसलाधार बारिश। जब सारी तरफ घटाटोप बारिश हो रही थी। तुम्हें बारिश कितनी पंसद थी! और बारिश में नहाना हो तो बस तुम्हें एक बहाना चाहिए। तुम मेरे साथ होने के लिए नौकरी से छुट्टी लेकर आ गए थे। जब मैंने दरवाजा खोला था तो तुमको सामने पाकर मैं प्यार के कोमल स्पर्श से भीग गई थी। तुमने खेल-खेल में मेरे हाथ पर बारिश की एक बूँद रखी थी। बिल्कुल साफ और मासूम सी बूँद। आज भी बाहर अँधेरा है। घनघोर बदलों ने चारों तरफ से धरा को आच्छादित कर दिया है। लगता है, पृथ्वी उसकी कालिमा में लिपट गई है। बीच में बिजली कड़कती है तो घटा में रोशनी का संचार करती है। मेरे हाथ में आज भी एक बूँद है, जो मेरे नेत्रों से लुढ़ककर मेरी हथेली पर आ गिरी है। उतनी ही बड़ी है। पर उतनी साफ और कोमल नहीं है। थोड़ी नमकीन है। इसमें मेरी जिंदगी की कड़वाहट मिली है। मैं इस बूँद का क्या करूँ? डर है कि अगर कसकर हथेली बंद करूँगी तो यह कड़वाहट मेरे चारों तरफ फैल जाएगी। इसको उड़ जाने देती हूँ जिससे शायद कुछ शीतलता आएगी। इसी तरह से मेरे गम भी शायद उड़ जाएँ।

वह बिछिया, जो दुर्गापूजा में तुमने खरीदकर दी थी, मैंने उतारकर एक छोटे डिब्बे में रख दी है। दुर्गा प्रतिमा का आशीर्वाद जो उसको मिला हुआ है। सिंदूरदानी का सिंदूर भी एक दिन आदित्य ने गिरा दिया। उसके छींटे सब तरफ छितरकर बिखर गए। और मेरी माँग सूनी हो गई।

मैंने वह काली साड़ी बक्से में बहुत सहेजकर रख दी है। तुमने हमेशा कहा था कि वह साड़ी मेरे ऊपर काफी फबती है। लिहाजन तुम्हारे सिवा उस साड़ी में मुझको और कोई न देखे। तुम जैसे तह कर गए थे, मैंने वैसे ही उसको बक्से में डाल दिया है।

वह माला जो तुमने विष्णुपद से लौटते हुए मुझे पहनाई थी, मैंने सहेजकर अलमारी में बंद कर दी है।

कल जब मैंने अलमारी खोली तो वह फूल पूरे सजीव हो उठे थे। उनमें से वही खुशबू आ रही थी, जो उस दिन थी, जब तुमने मुझे पहनाई थी।

आज सुबह जब मैंने दरवाजा खोला तो आदित्य और सोना पेड़ के नीचे बाहर खेल रहे थे। वर्षा के बादलों ने जो कालिमा गोद ले ली थी, हट चुकी थी। हरीतिमा की लहर सब तरफ फैली हुई थी। चमेली के फूल खिलकर बिखर रहे थे। मैं कैसे नहीं देख पाई कि तुम तो कहीं नहीं गए थे! तुम्हारी हँसी की आवाज उन पेड़ों के झुरमुट के नीचे से आ रही थी। चमेली के फूल में भी तो तुम सजीव हो उठे थे। तुम्हारे कदमों की पदचाप मेरे कानों में देर तक गूँजती रही और मैं सामने की डगर पर तुम्हारी आकृति को पास आते देखती रही। तुम कहीं गए ही नहीं थे। तुम तो मेरे पास ही थे। और मैं मुसकरा उठी।

शायद बहुत समय के बाद मैं मुसकराई थी।

□

हॉर्न

पति की तरफ उसने कनखियों से देखा और अपना हाथ स्टीयरिंग के ऊपर बढ़ा दिया। कार की स्टीयरिंग के ऊपर अभी उसका पूरी तरह से नियंत्रण नहीं हुआ था, पर गाड़ी चलाते हुए कुछ खासा वक्त बीत गया था।

आज वह अपने पति को अचंभे में डालना चाहती थी। पति के साथ आज घूमने का विचार बना था और दोनों ने निर्णय लिया कि लॉग ड्राइव पर जाएँगे। शोभा ने गाड़ी चलाने की जिद की और विवेक मान गया। शोभा के पास ड्राइविंग लाइसेंस भी था और गाड़ी चलाते हुए कुछ अच्छा खासा वक्त बीत ही चुका था। लिहाजा, चिंता की कोई विशेष बात नहीं थी।

शोभा ने गाड़ी स्टार्ट की। पैर गियर पर कसकर दाबा और एक्सीलेटर पर पैर रखा ही था कि विवेक ने कसकर सलाह दी—"अरे, एक्सीलेटर पर पैर रखी रहो। मत हटाओ, मत हटाओ। उफ् ओ! ऐसे कहीं गाड़ी स्टार्ट होती है।" शोभा का दिमाग शून्य हो गया और हाथ वहीं-का-वहीं रुक गया। हल्की सी पीछे से स्टाफ ड्राइवर की हँसी सुनाई दी। अपने को नियंत्रित करके शोभा ने फिर से मोरचा सँभाला। अबकी कोई कसर नहीं छोड़ूँगी। मन-ही-मन सोचा और फिर गाड़ी की चाबी घुमा दी। पिछले महीने से गाड़ी चलाना सीख रही है, पर ऐसा पहले तो नहीं हुआ। शोभा ने कसकर आँखें बंद कीं, और दोनों पैर बारी-बारी से गियर और स्टीयरिंग पर रख दिए। ये क्या, गाड़ी एक तेज धक्के से स्टार्ट हो गई।

"अरे, अरे! क्या गाड़ी भिड़ा ही दोगी! पैर गियर पर से हटाओ। थोड़ी सी गाड़ी की स्पीड बढ़ाओ और दूसरा गियर लगाओ।"

शोभा ने वैसा ही किया। गाड़ी की स्पीड थोड़ा बढ़ाया और दूसरे नंबर का गियर लगा दिया और यंत्रवत् गाड़ी को चलाती रही। बगल में पति की मौजूदगी का एहसास उसे अच्छे से हो रहा था। पति की चिंता को वह हल्के-हल्के महसूस कर रही थी। जिसकी पत्नी ड्राइविंग सीट पर हो, उसका पति यूँ ही नाहक चिंता तो करेगा, यह तो बड़ी स्वाभाविक सी बात थी।

गाड़ी खरामा-खरामा चल पड़ी। धीरे-धीरे शहर की भीड़-भाड़ पीछे छूट गई। अब गाड़ी हाइवे पर आ गई थी। "ओफ! अगर ऐसे ही तुम गाड़ी चलाती रही तो इस जन्म में तो हम लोग 'मैथन' पहुँच ही चुके!"

शोभा ने गाड़ी की स्पीड बढ़ा दी। सहसा विवेक चीखा, "ब्रेक लगाओ।" शोभा का पैर भय के मारे तेजी से ब्रेक के ऊपर आ गया। गाड़ी चरर्र की आवाज से कुछ दूरी पर जाकर रुक गई। वह तो गनीमत हुई कि स्पीड ज्यादा तेज न थी और गाड़ी पलटने से बच गई, नहीं तो कोई बड़ा हादसा होता।

"तुम भी बस!" विवेक चीखा। "अभी हम सब मरते। अरे, इतनी तेजी से भी ब्रेक लगाते हैं! गियर और ब्रेक पर एक साथ पैर पड़ना चाहिए, तब न गाड़ी धीरे होती है। चलो, अब स्टार्ट करो।"

शोभा की आँखों में आँसू आ गए। थोड़ी हिम्मत करके उसने फिर से गाड़ी को स्टार्ट करने की कोशिश की। दो-तीन बार के असफल प्रयास के बाद गाड़ी स्टार्ट हुई। थोड़ा आगे बढ़ने पर शोभा ने रोते हुए पूछा, "पर ब्रेक लगाने के लिए आपने क्यों कहा था?"

विवेक थोड़ा खीझ उठा, "तुम औरतों की यही आदत तो बुरी होती है। कुछ भी समझाओ, सिखाओ, पर सब व्यर्थ। मूर्ख हो मूढ़! अरे, सामने स्पीड ब्रेकर था। अगर ब्रेक पर पैर रखने के लिए नहीं बोलते तो गाड़ी जंप करती। उलट भी सकती थी।"

"पर स्पीड ब्रेकर तो मैंने भी देखा था। मैं उसको देखकर स्पीड को तो कम कर ही रही थी।"

"ये लो। अरे, गाड़ी पर ध्यान दो। तुम औरतों की ये आदत और भी खराब होती है कि कुछ भी कहो, बस बहस पर उतारू हो जाती हो। अच्छा न,

अब हम नहीं बताएँगे। जैसे चलाना है, चलाओ। जिसे कुचलना है, कुचलो। जब भिड़ना है, भिड़ो।"

शोभा विवेक की बातें न सुनकर गाड़ी चलाने में मशगूल हो गई। इतना कुछ कहने के बाद भी विवेक चौकस ही बैठा था। न जाने कब कोई सलाह देने का मौका आ जाए। विवेक के चेहरे की चढ़ती-उतरती रेखा, उसकी मानसिक स्थिति का बोध करा जा रही थी।

अब पूर्ण हाइवे आ गया था। शोभा ने भी गाड़ी को स्पीड दे दी थी।

"थोड़ा और बढ़ाओ," विवेक बोला, "थोड़ा और। अरे, अरे बस, इतनी नहीं, थोड़ा कम, बस, हाँ अब ठीक है। बस, अब इसी स्पीड में चलती रहो।" फिर विवेक ने गियर की तरफ देखा, "हाँ, इस स्पीड में फोर्थ गियर दे दो। बदलो।"

और अचानक शोभा का हाथ गियर पर गया और अपने आपसे ही थर्ड से फोर्थ हो गया। गाड़ी चलती रही। सामने से एक गाँव आ रहा था।

विवेक ने गाड़ी धीरे करने के लिए कहा, "दूसरा गियर दे दो। सँभालकर चलाओ। गाँव में बच्चे सड़क पर ही खेलते रहते हैं। उनका ध्यान रखो।" शोभा सब बात सुनती जा रही थी। उसका ध्यान अपनी गाड़ी और स्टीयरिंग पर ही था। बीच-बीच में विवेक के शब्द उसमें खलल डालते थे।

सहसा सामने से भेड़ों और गायों का झुंड सड़क पर आ गया। उनको हॉर्न पर हॉर्न देने से भी कोई लाभ नहीं हुआ। ये उनका इलाका था। सड़क भी उनकी थी। यहाँ हल्ला मचाना एक व्यर्थ की बकवास थी। शोभा ने गाड़ी को धीरे से कच्ची सड़क पर उतार लिया और गाड़ी धीरे-धीरे चलाती रही। फिर भेड़ों और गायों के झुंड के हटते ही गाड़ी को सड़क पर ले आई और धीरे से स्पीड बढ़ा दी और दूसरा गियर दे दिया। गाड़ी थोड़ा तेज हो गई। सामने से तेज स्पीड से बस आ रही थी। लोकल बस थी और गाँव-गाँव रुककर यात्री को बैठाती थी और पास के जिले में ले जाती थी। बस अपनी तरफ चल रही थी और गाड़ी अपनी तरफ। कहीं कोई डर नहीं। कोई चिंता की बात नही। शोभा ने स्पीड थोड़ा और बढ़ा दिया। अब गंतव्य पास

था और तेजी से पहुँचने की हड़बड़ी। पता नहीं क्या हुआ, कैसे हुआ कि वह बस शायद, जो रुकी तो एक माँ अपनी चार साल की बेटी के साथ उससे उतरी। उतरने के क्रम में वह बच्ची भागती हुई सड़क के दूसरी तरफ आ गई। और शोभा की गाड़ी के नीचे आती-आती बची। इससे पहले कि विवेक कुछ कह पाता, शोभा ने बड़ी ही चतुराई से गाड़ी पर ब्रेक दिया और उसका दूसरा पैर गियर पर चला गया। तुरंत में की गई कारखाई से गाड़ी तुरंत रुक गई और बच्ची बस मडगार्ड के पास टकराकर नीचे गिर पड़ी। उसकी माँ चीखते हुए आई और अपनी बच्ची को कलेजे से लगा लिया। उसको सहलाती जाती थी और रोती जाती थी। बच्ची अभी दहशत में थी, पर धीरे से उसने आँखें खोल दीं।

"माँ," कहा और अपनी माँ से चिपट गई। आस-पास के लोग भी इकट्ठा हो गए थे। बच्ची को मामूली सी भी खरोंच नहीं आई थी। फिर शोभा की तो गलती भी नहीं थी। अतः थोड़ी देर वहाँ रुकने के बाद शोभा फिर से गाड़ी की स्टीयरिंग पर आकर बैठ गई।

विवेक ने भी बगल में बैठकर माथे पर छलक आए पसीने की बूँदों को पोंछा। "शुक्र है, एक बड़ा हादसा टलते-टलते बचा। नहीं तो आज लेने के देने पड़ जाते। कितनी बार कहा है कि गाड़ी ठीक से चलाया करो। कहीं भी कोई भी हादसा हो सकता है। तुम भी न!"

पीछे स्टाफ कानाफूसी कर रहा था। 'आज मैडम की कुशलता से एक हादसा होते-होते बचा। मैडम एक कुशल ड्राइवर हैं।' शोभा इस सबसे बेखबर गाड़ी को चला रही थी। पहले वह जिन चित्रों से बेखबर रही, अब उनका आनंद ले रही थी। पेड़-पौधे और हरियाली उसके साथ भाग रहे थे। गाँव की सीमा पार करने से पहले उसने कसकर गाड़ी का हॉर्न दिया, एक बार, दो बार, पाँच बार और गाड़ी की स्पीड बढ़ा दी। स्टीयरिंग पर उसका कसाव बढ़ गया। उसने धीरे से गाना लगा दिया और उसका आनंद ले गाड़ी चलाने लगी।

□

दोराहा

हम दोराहे पर खड़े थे। नहीं, यह चौराहा था। हम जिस मुकाम पर थे, वहाँ दो राहें आपस में मिलती थीं। एक तरफ मेरी गाड़ी और दूसरी तरफ वह नीली मारुति कार। उसमें सवार एक सुंदर युवक। कुछ ऐसा अजीब संयोग हुआ कि उस दोराहे पर मेरी गाड़ी ऊपर थी और दूसरी सड़क नीची थी और नीचे से ऊपर को आती थी। पहाड़ी इलाका नहीं था, पर सड़कें तो ऐसी ही होती हैं। कोई तारतम्य नहीं, कोई हिसाब नहीं।

सड़क बेहद पतली और सँकरी थी। उसमें ज्यादा जगह नहीं थी। वैसे भी जनसंख्या इतनी अनियंत्रित है कि हमारे देश में किसी के लिए भी जगह की सख्त कमी पड़ गई है। इनसान तो इनसान, जंगल में शेरों को भी अपना इलाका छोड़कर दूसरे शेरों के इलाके में प्रवेश करना पड़ रहा है। शहरों की स्थिति तो माशाअल्लाह हर सेमिनार, समारोह का विषय ही होती है। बढ़ती आबादी और इन्क्रोचमेंट, हर का इन्क्रोचमेंट, स्थान का और हर सामान का, और उससे भी बढ़कर इनसानी वजूद का इन्क्रोचमेंट।

अब दिक्कत यह हो गई कि दोनों की गाड़ियाँ आमने-सामने। कौन पीछे जाए, इस पर अमौखिक प्रश्न। मेरा ड्राइवर भी कम अक्खड़ न था। उसको तो जैसे दिक्कत ही नहीं, असंभव और स्वभाव के विपरीत लगता था गाड़ी खिसकाने में। उसके लिए पीछे हटना, मानो मैदान-ए-जंग से पलायन करना।

उसका तो हाइवे पर ये मिजाज रहता है कि क्या मजाल कोई गाड़ी उसको ओवरटेक कर ले। उसकी शान में मानो गुस्ताखी हो जाती है। अपनी शान भला वह नीचे क्यों गिरने देगा? वह डटा रहा और स्टीयरिंग पर उसका

इतना जबरदस्त नियंत्रण है कि कोई गाड़ी उसको पार नहीं कर सकती। बहुत ही पुराना ड्राइवर है। मँजा हुआ खिलाड़ी, पर गलतियाँ तो किसी से भी हो सकती हैं। फिर वह जो चार पहिए की मुआ मुर्दा चीज चला रहा होता है, जिसको विज्ञान की भाषा में गाड़ी बोलते हैं। है भी तो महज यह मशीनी इंजन। कब दगा दे जाए? जब इनसानी कल-पुर्जों का भरोसा नहीं, तो वह तो इनसान का ही बनाया हुआ है। जब तक ऊपर वाले की इनायत, तब तक ठीक। उसके बाद सब बेकार। 'बोलो राम' होते देर नहीं लगती। जनाब ड्राइवर साहब अफीम खाकर अपनी मूँछों पर मानो ताव देते हों कि सड़क पर उतर गए तो पीछे की तरफ कूच नहीं करेंगे। सब-की-सब राणा सांगा की औलाद हैं। राणा तो मर गया, पर अपने वंशज छोड़ गया, जो अब ड्राइवरी कर इधर-उधर भटक रहे हैं और नए-नए साम्राज्यों की कल्पनाओं में पंख मार रहे हैं।

अब साम्राज्य तो गए। न राजे रहे, न महाराजे रहे। न घोड़े रहे, न बग्घी। आधुनिक शान-शौकत के नाम पर पेट्रोल से खिंचनेवाली ये अत्याधुनिक गाड़ियाँ जरूर हैं, जिनको हाँक रहे हैं ये ड्राइवर। जब घर से निकलते हैं तो मानो कफन बाँधकर निकलते हैं कि जो बोले सो निहाल, सतश्री अकाल, अब फतह हुई कि तब। अगर शाम होते-होते ठीक-ठाक घर पहुँच गए तो मानो संग्राम में शहीद होने से बच गए।

पर समस्या यहाँ संग्राम की नहीं थी। समस्या गाड़ियों को पार कराने की थी, और वह थी कि अड़ी हुई थी। न इधर वाली टसक रही थी, न उधर वाली मसक रही थी। उनमें सवार ड्राइवर मानो मोर्चा सँभाले अपनी प्रतिष्ठा का सवाल बनाए अड़े खड़े थे। दोनों ही ड्राइवरों की मूँछें नहीं थीं, पर उन पर ताव ऐसे दे रहे थे, मानो अब मरे कि तब।

तभी पीछे से एक गाड़ी ने मेरी वाली गाड़ी को टक्कर मारी। मेरी गाड़ी का ड्राइवर उतरा और बोला, "देखते नहीं कि गाड़ी खड़ी है?" एक भद्दी सी गाली भी दी और झुककर गाड़ी का मुआयना करने लगा कि कहीं गाड़ी को कुछ नुकसान तो नहीं पहुँचा है। सबकुछ ठीक-ठाक देखकर वह संतुष्टि

के भाव के साथ आकर बैठ गया। फिर से उसने कमान मानो सँभाल ली है। शुक्र है, गाड़ी में चोट नहीं लगी थी। नहीं तो एक गदर अलग हो जाता। गदर का होना तय था।

जिस गाड़ीवाले ने हमारी गाड़ी को ठोंका था, मुसकान दबाकर बोला, "शुक्र है, अभी तो टक्कर मारी थी और गाड़ी बच गई, नहीं तो गाड़ी को तो अच्छे से ठोंक देता। अरे! ऐसी खड़ी हो गई, मानो कोई मोटी औरत। टस-से-मस नहीं हो रही है।"

मेरे ड्राइवर के चेहरे पर क्षण भर के लिए क्रोध का भाव आया, पर वह उसको दबा ले गया। बोलना व्यर्थ था। अभी उसका मकसद गाड़ी को पार करना था और वह अपनी सीट दुबारा छोड़ना नहीं चाहता था। उसने एक निगाह उस गाड़ी के ड्राइवर पर डाली। एक बाँका-सजीला नौजवान था। नीरा ने थोड़ा मुसकराने की कोशिश की। शायद उसकी मुसकराहट इस इनसान पर कोई तीर का काम करे और वह अपना हठ छोड़ दे। उसने तो नीरा की तरफ देखने की जरूरत भी महसूस नहीं की। नीरा के दिल को ठेस लगी। ऐसे कैसे कोई नौजवान उसको बिना देखे रह सकता था? फिर नीरा का ध्यान उसकी बगल में बैठी औरत पर गया। एक साधारण नाक-नक्श वाली मोटी महिला। शायद वह उस पुरुष की पत्नी थी। वह ऐसी भी सुंदर नहीं थी कि वह पुरुष दाएँ-बाएँ न झाँके। पर पत्नी के साथ गाड़ी में बैठा अथवा एक साथ रहने की स्थिति में बेहद दब्बू हो जाता है पुरुष। बाहर डींगें हाँकता फिरता है, पर घर में तो, "नो नॉनसेंस।"

चलो, यह तीर भी हाथ से गया।

नहीं तो अपनी मोहिनी अदा से कम-से-कम उसके दंभ को तोड़ सकना मुश्किल बात नहीं थी, पर अफसोस! वह तीर भी हाथ से निकल गया। अब गाड़ी में बैठना दुश्वार हो गया था। एक तो इतनी गरमी, ऊपर से यह उलझन। मन-ही-मन उस घड़ी को कोसा, जिसमें घर से निकले थे। उसके बाद ड्राइवर को गाली दी। कैसा जाहिल है? व्यर्थ की उलझन में खुद फँस गया और मुझे भी डाल दिया।

शुरू–शुरू में जो महज एक खेल–सा लगता था, अब व्यर्थ एक झंझट बन चुका था।

कैसे निकला जाए इस समस्या से? दोनों गाड़ियों के पीछे भी लोगों की गाड़ियों का जमावड़ा होना शुरू हो गया था। लोगों की कुछेक गालियाँ उछल–उछलकर कानों में पड़ रही थीं। नाहक ये शर्मिंदगी मोल ली।

रोज कितने आराम से काम पर जाती थी और कितने आराम से वापस आती थी। न कोई समस्या, न कोई आफत। न जाने किसका मुँह देखकर घर से निकली थी? फिर स्वयं ही दाँतों से जबान को काट लिया। गेट के बाहर एक बार स्वयं की निगाह ही गाड़ी के फ्रंट शीशे पर आई थी। नहीं–नहीं, वह तो महज इत्तफाक था। सोचकर मन को समझाया। मैं कोई इतनी अभागिन थोड़ी हूँ कि मुँह देखने से काम बिगड़ जाए?

अभी वहाँ गहमागहमी और आपाधापी चल ही रही थी कि पुलिसिया गाड़ी आती दिखाई दी। उसके पहुँचते ही माहौल में जैसे स्तब्धता छा गई।

पास आते ही जीप रुकी और एक–एक करके तीन–चार जवान उसमें से उतरे। आगे से एक मोटा–ताजा, गोलनुमा आदमी निकला, जिसको देखकर प्रतीत होता था कि पुलिस विभाग में ठीक–ठाक खाना मिलता है। उसके पीछे से जो जवान निकले, उनमें से अधिकांश को देखने से ऐसा प्रतीत होता था, मानो अब गिरे कि तब। शायद पुलिस में यही सिपाही काम के लिए दौड़ते रहते होंगे। बाकी विभाग तो खाने–पीने में मशगूल रहता होगा और कुरसी पर बैठे–बैठे इन मरगिल्ले सिपाहियों को आदेश देता होगा।

फिलहाल जो भी हो पुलिस की वरदी भय पैदा करने के लिए काफी है और उसकी सीटी मानो ये आदेश देती हो, "रुक जाओ कानून की खातिर।"

वैसे कभी भी थाना कानून की खातिर सजग नहीं होता। तभी तो उसके इलाके में चोरी–डकैती, बलात्कार सरेआम होते हैं, पर वे बेफिक्र बिना जवाबदेही के रहते हैं। कहीं पुलिसिया रोब झाड़ने की बात आ गए तो तत्परता देखिए।

खैर, उस जीप के आने से इलाके के लोग शांत हो गए। एक डंडा कस

के मेरी गाड़ी में भी पड़ा और शीशा थोड़ा चटक गया, पर मेरे वाले ड्राइवर को जुबान हिलाने की हिम्मत न हुई।

"क्यों भाई, क्या तमाशा लगा रखा है?" कड़ककर दरोगा बोला।

"कुछ नहीं, सरकार।"

"तो फिर यहाँ जाम कैसे लग गया है? किसके कारण हुआ?" फिर वही कड़क आवाज।

मेरे वाले ड्राइवर ने दूसरी वाली गाड़ी के ड्राइवर को देखा। मौन संप्रेषण हुआ और दोनों मुस्तैदी से स्टीयरिंग सीट पर बैठ गए। चुपचाप मेरी वाली गाड़ी पीछे हुई और दूसरी गाड़ी के लिए जगह बन गई और वह एक विजयी मुसकान के साथ गाड़ी निकाल ले गया। इसी बीच सिपाही पीछे रास्ता खाली करा रहे थे और जगह बना रहे थे। मेरा ड्राइवर भी हार गया था, पर इस समय पराजय का दुःख नहीं था, जितनी जान बचाने और भागने की हड़बड़ी थी।

उस दोराहे से निकलकर हम स्कूल वाले रास्ते पर आ गए थे। एक व्यर्थ की पीड़ा का अंत हुआ। जीवन में अकसर ऐसे दोराहे आ जाते हैं, जब हम अपनी जिद पर इतने अड़ जाते हैं कि सरल रास्तों को कठिन बना देते हैं।

दोराहे नई मंजिलें तलाशने के लिए होते हैं, न कि उलझनें बढ़ाने के लिए।

□

साँसें

साँसों का आना और जाना एक अविराम चक्र है। पुनरावृत्ति दोष जीवन जीने की एक सहज प्रक्रिया और जीवन का एक अभिन्न अंग है। जीवन ही साँसें हैं और साँसों में जीवन है, एक गहरी दोस्ती...एक खामोश रिश्ता है।

शव ही शिव है और शिव ही शव है; सिर्फ प्राणों का संचार है, जो ओंकार को श्वेत धूल में परिवर्तित कर देता है और जीवन का समागम रुक जाता है।

(2)

अस्पताल एक साफ-सुथरा आई.सी.यू. अर्थात् इंटेंसिव केयर यूनिट। हर तरफ क्लोरोफॉर्म की महक, स्प्रिट का एहसास। इतनी सफेदी है कि हे राम! जीवन के कालेपन से भय लगने लगता है।

टैंपो से उतरकर रानी ने अपना पर्स टटोला। दो-तीन रुपए की चिल्लर उसके हाथ लगी, जो उसने टैंपो-चालक को पकड़ा दी। वह भी कितनी बेवकूफ निकली। पानी में भीगने से अच्छा था कि पहले ही पर्स से पैसा निकाल लेती। जब दिमाग उलझन में हो, तो सब काम उलटा-पुलटा होता है। करे भी क्या! इधर माँ की बीमारी और उधर जीवन में समस्त झंझट। घर देखो या दफ्तर देखो? क्या करो और क्या न करो! ससुराल में तो सबका मुँह देखकर चलना पड़ता है। अपने हाथ में तो कुछ है ही नहीं। खुलकर तो कोई नहीं कहता, पर दबी जुबान से सास की निगाह काफी कुछ कह जाती है। उन

तानों की कसमसाहट—क्यों उसकी माँ ही बीमार पड़ी, क्यों उसकी शादी बड़े शहर में हुई और क्यों उसकी बीमारी की हालत में माँ को कस्बे से शहर में लाना पड़ा—से उसका हृदय चीत्कार कर उठा। क्यों वह लड़की के चोले में इस धरती पर आई? काश! वह लड़का होती, तो उस पर ऐसी बातों का प्रहार तो न होता! आँखों के कोने पर उभर आए आँसुओं को उसने हल्के से पोंछा। तब ये दुर्गति उसकी माँ की कदापि न होती।

बौछार की एक बूँद उसके मस्तक पर पड़ी और वह अतीत में खो गई—बचपन के वह दिन पानी में भीगना और बीमार पड़ना। पानी की पहली फुहार के साथ वह और उसकी बहनें घर के बाहर निकल जाती थीं तथा बौछारों की मधुर ताल पर नृत्य करती थीं। प्रकृति और उसमें समागम ही तो जीवन का उद्देश्य है। मूल्य विनिमय तो मनुष्य के लिए है। ईश्वर ने सृष्टि का निर्माण मनुष्य के आनंद के लिए ही किया है। मनुष्य इसको भोगते-भोगते इतना पीड़ित हो गया कि उसने अपने चारों तरफ दुःख की एक माया ही रच डाली और वह अपनी रची माया से ही पीड़ित हो गया।

रानी की माँ भी दुःखी थी। जीवन के झंझटों में उलझी उनकी ताउम्र रोते-सिसकते हुए ही बीती थी। रानी को कभी भी याद नहीं पड़ता कि उसकी माँ कभी खुलकर हँसी भी थी। बेटियों को जनने का बोझ और उस पर तानों की बौछारों से तो जैसे पूरा जीवन ही चहारदीवारी में सिमट गया हो। घर के बाहर का आनंद वह न तो कभी उठा पाई और न ही उठाना चाहा। उठाती भी कैसे? पिताजी कभी उन्हें कहीं ले जाते तब न? वह ठहरे जीवन जीने के बेहद शौकीन। मीट-मुरगा से लेकर जीवन के हर रंग के वह फनकार ठहरे। शराब और शबाब के वह बेहद कद्रदान थे। माँ जितना प्रतिरोध करती, वह उतना ही प्रतिशोध लेते।

एक दिन तो हद ही हो गई, जब उन्होंने अपनी एक महिला मित्र के सामने ही माँ को चाँटा मार दिया था, "अरे, यह औरत, इसे तो कुछ भी ठीक से करना नहीं आता।"

महिला मित्र की विद्रूप हँसी और उसमें छुपा मंतव्य जानकर माँ

तिलमिला उठी थी। उस दिन से माँ ने औरत और पत्नी का दर्जा भी छोड़ दिया था। वह मात्र एक हाड़-मांस की प्रतिमा ही रह गई, जो सिर्फ इसलिए चल -फिर रही थी, क्योंकि उसमें साँसों का संचार था, बच्चों का दायित्व था और परिवार की जिम्मेदारी थी। वह शव नहीं, शिव थी। आज वही साँसें टूट रही थीं। उसकी माँ उससे दूर जा रही थी और वह कुछ नहीं कर पा रही थी। वह कुछ कर भी नहीं सकती थी। वह कुछ करना भी नहीं चाहती थी।

सहसा रानी को अपने ऊपर क्रोध आया और क्रोध आया अपनी माँ पर, जिसने जीवनपर्यंत कभी पिता के किसी कृत्य का विरोध नहीं किया···क्यों? वह माँ को झिंझोड़कर पूछना चाहती थी। शायद नहीं···चार बेटियों के बाद माँ करती भी क्या? आज वह भी अपनी ससुराल में बहुत कुछ कहाँ कर पा रही थी? वह तो नौकरी करते हुए भी बेबस और कमजोर है। शायद अबला को इस समाज में विरोध करने का कोई हक नहीं है। वह जन्मजात लाचार है। रानी का मन दुःख और हताशा से भर उठा।

पानी बरसते ही मौसम साफ और धुला हुआ प्रतीत होता है, पर धरती कादो और कीचड़ से भर जाती है। ऐसा प्रतीत होता है, मानो आसमान अपना समस्त उन्माद पृथ्वी पर लुटाकर स्वच्छ हो उठा हो। अपनी समस्त गंदगी जैसे पृथ्वी पर उँड़ेलकर मानो आकाश हल्का हो गया हो और अनंत नई दिशाओं की खोज में निकल पड़ा हो। पर धरती—वह तो गरिमामय हो, सबकी गंध अपने में समाकर मानो जी उठती है।

उसका पैर कीचड़ से सना देखकर एक वार्डब्वॉय ने कहा, "बाबा, पहले पैर साफ करो, तब आगे बढ़ो।"

रानी ने अस्पताल के अंदर जाकर बाथरूम में पानी की धारा के नीचे अपना पैर साफ किया।

रानी की माँ को आज अस्पताल आए करीब एक महीना हो रहा था। बात बहुत मामूली थी, पर गंभीर हो चली थी। हल्का-सा वायरल जानलेवा निमोनिया में तब्दील हो गया था। वही माँ का अपनी देखभाल न करने का प्रण। जो माँ पूरी-पूरी रात जागकर बीमारी में उन सबकी देखभाल करती

थी, वह अपने प्रति इतनी लापरवाह···और उससे भी ज्यादा उदासीन तो उसके पिता रहे हैं, माँ के प्रति। अगर पिताजी को मामूली-सा सिर दर्द हो, तो पूरे घर को सिर दर्द व्याप्त जाता था।

एक बार पिताजी अपने मित्र के यहाँ से शराब पीकर लौटे थे और पूरी रात उलटी करते रहे थे। वह माँ की सेवा-सुश्रुषा ही थी, जो उनको जिला गई। माँ की अपने ईश्वर के प्रति काफी आस्था थी और यह पूर्ण विश्वास कि उनके रहते उनके पति को कुछ नहीं होगा। पता नहीं, माँ पिताजी से प्रेम करती थी या फिर उनके बिना अकेले जीने का भय मन के किसी कोने में दबा था। क्योंकि वह दिन-रात सिर्फ ईश्वर से पिताजी की सलामती माँगती थी। रानी अकसर माँ से कहती, "आप पिताजी को छोड़ क्यों नहीं देतीं?"

माँ के चेहरे पर जैसे भय के भाव जाग उठते, "नहीं, रानी। औरतों के लिए ऐसा खयाल करना भी पाप है। फिर मैं कहाँ जाऊँगी, क्या करूँगी? देखना रानी, तुम चारों को ब्याहने के बाद मैं बचूँगी नहीं।"

तब रानी उनके मुँह पर हाथ रखकर कहती, "क्या माँ, आप भी···कैसी नकारात्मक सोच है आपकी?"

रानी की माँ इस बीमारी से आज मानो अकेले लड़ रही थी, पर उनके साथ उनका पूरा परिवार उनके जीवन-संघर्ष में शामिल था। सभी अस्त-व्यस्त थे। सभी हैरान, परेशान और दुःखी। उन सबको जीवित रखना चाहते थे। कोई भी माँ को खोना नहीं चाहता था। पर जीवन जब कठिनतम प्रतीत होता है, तब अनायास दबे हुए विचार ज्वलंत रूप में उभर आते हैं। बहनों का हाथ उस ईश्वर के प्रति उठ गया, जो जीवनदाता है, "हे प्रभु, मेरी माँ को इस कष्ट से मुक्ति दो।"

रानी को माँ के पास बैठे दो घंटे से ऊपर हो गया था। माँ कल रात से ही कोमा में आ गई थी। डॉक्टरों ने उनको जवाब दे दिया था, "बेहतरी इसी में है कि आप इन्हें घर ले जाएँ। इस तरह के केस में बचने की उम्मीद न के बराबर होती है। कभी भी, कुछ भी हो सकता है।"

"नहीं···।" चारों लड़कियों ने समवेत स्वर में कहा, "ये मेरी माँ हैं।

इन्होंने मुझे जन्म दिया है। पाला-पोसा है, बड़ा किया है। ऐसे कैसे हम इन्हें छोड़ दें? हम भरसक प्रयास करेंगे। चाहे जितना भी पैसा खर्च हो, होने दीजिए पर माँ को हमारी खातिर ठीक होना ही पड़ेगा।"

डॉक्टर काफी देर चुप रहा। बच्चों की बातों ने उसे कटघरे में कातिल-सा खड़ा कर दिया था। वह डॉक्टर कम, जल्लाद अधिक प्रतीत हो रहा था। "ठीक है, जैसी आपकी मर्जी। वैसे केस में दम नहीं है। अब सब बाद में यह न कहिएगा कि हमने आपको अँधेरे में रखा। अगर आप किसी बड़े अस्पताल में ले जाना चाहें, तो ले जा सकते हैं। हम रेफर कर देंगे। नहीं तो जब कहिएगा, इन्हें वेंटिलेटर में डाल देंगे। साँसें आती-जाती रहेंगी, पर ठीक होने की उम्मीद नहीं है।" डॉक्टर कमरे से बाहर हो लिया।

"डॉक्टर के लिए तो माँ मात्र एक केस है, पर हमारे लिए तो वह सबकुछ हैं। हम उन्हें मरने के लिए कैसे छोड़ सकते हैं?" नीता के स्वर में काफी उत्तेजना थी।

नीता रानी की सबसे छोटी बहन थी और अभी तक उसकी शादी नहीं हुई थी। उम्र तो हो चली थी, पर चार बहनों में छोटी होने के कारण विलंब होता रहा। अब जब शादी की बात कुछ आगे बढ़ी, तो माँ की बीमारी के कारण रुक गई। एक साल पहले जब माँ का एक्सीडेंट हुआ था, तो उसी ने माँ की पूरे जतन से सेवा की थी। तीनों बहनें तो अपने-अपने संसार में लिप्त थीं, पर वही माँ का अवलंब बनकर खड़ी रही। किसी भी मोड़ पर उसने माँ को टूटने नहीं दिया था। वह माँ के बाल काढ़ती और अपने हाथों से खाना खिलाती। एक बार तो माँ जैसे बोल उठीं, "नीता, तू मेरी इतनी सेवा क्यों करती है?"

"आप भी कैसी बातें करती हैं? आप मेरी माँ हैं। मैं आपको ऐसे नहीं छोड़ सकती।"

फिर जैसे आत्मग्लानि का भाव क्षमा में तब्दील हो जाता, "पर बेटा, मैंने तो तुझे जैसे जन्म के बाद छोड़-सा दिया था। वह तेरी बहनें न होतीं, तो तू कब की मर गई होती!"

नीता इस भाव के साथ ही बड़ी हुई थी। अकसर बचपन में माँ के प्रति उसका मन घृणा से भर जाता, पर आज नहीं, "नहीं माँ, वह आपकी मजबूरी थी।" नीता बोली। उसने माँ को कमजोर समझ लिया था, लेकिन सबसे बड़ा अफसोस था कि पिताजी जीवनपर्यंत माँ को चार बेटियों की पैदाइश का दोषी मानते रहे। माँ ने तो जैसे इसे जुर्म ही मानकर सारा दोष अपने सिर मढ़ लिया था और हालात से समझौता कर लिया था। न करती, तो क्या करती? कहाँ जाती? और वही हार और हताशा वह नीता के ऊपर निकालती रही थी।

माँ ने एक गहरी साँस छोड़ी और बोल उठी, "बेटी, माँ कभी कुमाता नहीं होती। मुझे इस जन्म में जननी का भी दोष लगेगा। अपनी ही पुत्री संतान के साथ ऐसा सलूक कर मैं तो जन्म-जन्मांतर तक पाप की भागी रहूँगी। पुत्र या पुत्री, दोनों ईश्वर की देन हैं। दोनों का जन्म विधाता ने सृष्टि की संरचना को आगे बढ़ाने के लिए किया है। फिर ईश्वर के इस खेल में भेदभाव करनेवाले हम अल्पज्ञ मूर्ख कौन होते हैं? ये तो ईश्वर की कृति का अपमान है।" वह नीता का हाथ पकड़ते हुए बोली, "बेटी, मुझे क्षमा कर दो।"

सिसकियों में उसी दिन माँ-बेटी के मन का सारा मैल धुल गया।

ऑफिस से आते ही रानी माँ की सेवा में लग जाती थी, पर रात में माँ की देखभाल नीता ही करती थी। रानी बार-बार घड़ी देख रही थी, बच्चे अकेले होंगे। वह सुबह से उन्हें छोड़े हुए थी।

रानी ने घड़ी देखी, "यह लड़की भी कभी-कभी बिल्कुल गजब करती है। अरे, सात बजे तक आ जाना चाहिए था, पर इतना लेट कर दिया? रुको, आने दो। फिर उसकी ठीक से खबर लेते हैं।"

और रानी के जाते ही नीता की आँखों में आँसू ढुलक आए। बत्तीस साल की उम्र में शायद सपने देखने का भी उसे हक नहीं था। वह धीरे-धीरे माँ का सिर सहलाने लगी।

(3)

आज सुबह से ही इस आई.सी.यू. के कमरे में भीड़-भाड़ बढ़ी हुई थी। चारों बेटियाँ यहाँ एकत्रित थीं। उनका इक्कीस साल का भाई भी वहीं पर था।

पिताजी आज सबसे पहले आ गए थे। नीता की माँ की हालत कल रात से ही नाजुक बनी हुई थी। रह-रहकर साँस उखड़ जाती थी और वेंटिलेटर पर देना पड़ता था। पिताजी काफी देर तक माँ के पास बैठे रहे, पर जब तकलीफ देखी न गई तो उठकर बाहर आ गए और बरामदे में चहलकदमी करने लगे। वह बाहर वाले दरवाजे के पास देख रहे थे। आँखों के कानों में उभर आए आँसुओं को शर्ट की बाँह से पोंछा। 'मर्द भी कहीं रोते हैं' की तर्ज पर उन्होंने अपने को समझाया और खुद को सँभालने का भरसक प्रयास किया। वह अच्छी तरह जानते थे कि मृत्यु पर किसी का नियंत्रण नहीं है, पर आज खुद के लिए ये शब्द नाकाफी प्रतीत होते थे। आज उन्हें एहसास हुआ कि वह नितांत अकेले हैं। जीवन में धन-दौलत थी, बाल-बच्चे थे, पर अपना कोई न था। जो अपनी थी, वह भी आज साथ छोड़कर जा रही है।

सारी रिपोर्ट्स मुंबई के अनुसंधान सेंटर को भेजी जा चुकी थीं और वहाँ से जवाब आना बाकी था। शायद कोई नई दवा, नया इलाज अब तक ढूँढ़ा जा चुका हो।

उधर, सारे बच्चे माँ की ऐसी हालत में चिंतामग्न बैठे थे। किसी उपाय से उनकी माँ की वापसी की उम्मीद बन जाए, शायद।

डॉक्टर ने आकर रिपोर्ट्स बच्चों को पकड़ा दीं। कोई उम्मीद नहीं। सिर्फ वेंटिलेटर पर ही उनको रखा जा सकता था। जब तक उनको जीवित रखना था, तब तक सिर्फ यही मशीन एक सहारा थी।

बाहर फुसफुसाहट जारी थी। बड़ी बेटी ऊहापोह की स्थिति में बोली, "अरे, पिछले एक महीने से माँ की ऐसी स्थिति बनी हुई है। समझ में नहीं आ रहा है कि क्या करें? बंटी की पढ़ाई तो जैसे सत्यानास हुई जा रही है। ऊपर से अब तो सास भी चिल्ल-पों मचाने लगी है। ठीक है, हममें से कोई नहीं चाहता कि माँ को कुछ हो, पर ऐसा कब तक चलेगा? ईश्वर ही मालिक है।"

दूसरी बेटी ने भी दुश्चिंता में श्वास छोड़ी, "दीदी, मैं तो इतना पहले से यहाँ आ गई। इनको तो अगले महीने यू.एस.ए. जाना है। उसकी भी तैयारियाँ करनी हैं। यहाँ कब तक पड़ी रहूँगी?"

नीता माँ से ज्यादा पिताजी की हालत को लेकर चिंतित थी। रात भर वह माँ के करीब बैठकर जागते रहते थे। यह वही शख्स थे, जिनको माँ बिल्कुल सुहाती न थी। आए दिन माँ का अपमान मामूली-सी बात हो गई थी। माँ ने भी अपने को बच्चों में समेट लिया था। बेटियाँ ही उनके जीवन की धुरी हो गई थीं, पर शायद बेटियों ने पिता के स्नेह का अभाव सर्वाधिक महसूस किया था। आज वे अपने-अपने घरों के सीमित दायरों में गरमाहट का अस्तित्व खोज रही थीं। अपने जीवन को प्रेम के स्पर्श से सींच रही थीं।

सभी बहनें थोड़ी देर रुककर लौट गईं, पर नीता के और पिताजी रुक गए। भाई को भी अपनी नौकरी के सिलसिले में जाना था, अत: वह भी चला गया।

नीता माँ की बगल में आकर बैठ गई। पिताजी खड़े होकर खिड़की से बाहर देखने लगे। उनकी आँखें भाव-शून्य थीं। वह धीरे-से बोले, "नन्ही, देख। माँ की साँसें चल रही हैं कि नहीं?"

"जी पिताजी, माँ ठीक हो जाएगी। आप विश्वास कीजिए, माँ को कुछ नहीं होगा।"

तभी नर्स आकर एक इंजेक्शन ठोंक गई। इंजेक्शन की चुभन से माँ को हल्का-सा दर्द महसूस हुआ होगा, क्योंकि उनके हाथ में मामूली सी हरकत हुई और फिर सब शांत।

"नन्ही, माँ कितने दिन से इस मशीन के सहारे जिंदा है?"

"यही कोई चार दिन हो रहा होगा, क्यों?"

"कुछ नहीं, बस यों ही।" फिर वह मौन हो गए। थोड़ी देर कमरे में नीरवता रही, पर बच्चियों के शब्द उन्हें बेध रहे थे। सब अपनी-अपनी दुनिया में व्यस्त थे। किसी के पास उन लोगों के लिए समय न था।

उन्होंने मन-ही-मन में पूछा, 'क्यों यह स्त्री जीवन में उनके सबसे करीब होते हुए भी इतनी दूर रही? कहाँ कमी रह गई? क्या कमी रह गई? किसमें कमी रह गई?' वह भारी कदमों से सिर्फ बरामदे में घूमते रहे। अंदर जाने की न तो उनमें हिम्मत थी और न ही आशा। सहसा रानी की माँ लाल चुनरी

में उनके सामने आकर खड़ी हो गई। शादी का जोड़ा था, लाल चूड़ियाँ थीं, फूलों का हार था—सब तरफ गजरे की महक थी।

'अरे तुम? तुम यहाँ···फिर अंदर कौन?' उन्होंने भौचक होकर पूछा।

रानी की माँ ने इशारा करके उनको अपनी तरफ बुलाया। वह मदहोश से उसकी तरफ बढ़ गए। इतनी सुंदर रानी की माँ हो सकती है—यह तो कभी उन्होंने सोचा ही न था। जीवन में कहाँ गलती हो गई? खुशनुमा जिंदगी तो उनके कितने करीब थी? वह नाहक ही बाहर भागते रहे, पर अब वह दुबारा ऐसी गलती नहीं करेंगे और वह सामने से आती हुई रुन-झुन की आवाज के पीछे चल दिए। वह रानी की माँ को हमेशा-हमेशा के लिए पकड़ लेंगे और तन-मन-धन से अपना बना लेंगे।

होश तो तब आया, जब डॉक्टर ने पीछे से आवाज दी, "सर, रिपोर्ट्स।"

रानी के पिताजी चौंक गए। उन्होंने उस डॉक्टर की तरफ खीझ और क्षोभ से देखा। फिर जैसे स्वप्न से जाग्रत् होने का उन्हें एहसास हुआ। तब तक रानी की माँ, जो उनके इतने करीब थी, दूर जा चुकी थी। हवा में लाल दुपट्टा भी विलुप्त हो चुका था। उन्होंने आगे बढ़ना चाहा, पर पैर थम-से गए।

"क्या हुआ?" पीछे से डॉक्टर की आवाज आई।

"कुछ नहीं।" झेंपकर रानी के पिता ने कहा, "हाँ, आप कुछ रिपोर्ट्स के विषय में कह रहे थे।"

डॉक्टर ने नकारात्मक भाव में सिर हिला दिया, "कोई उपाय नहीं। सिर्फ वेंटिलेटर ही सहारा है।" फिर डॉक्टर आगे बढ़ गया।

"अच्छा, नीता!" थोड़ा ठहरकर पिताजी बोले, "क्या तुमने माँ को तैयार कर दिया?"

"अभी नहीं। बस, तुरंत कर देती हूँ।" नीता को एक आत्मग्लानि-सी अनुभव हुई। उसकी माँ जब तक ठीक थी, तब तक कोई दिन ऐसा नहीं गया, जब नीता के बाल उन्होंने न काढ़े हों। चाहे वह कितनी भी थकी रहती थी, पर नीता जिद करके माँ से ही तैयार होती थी।

"ऐसा करो, माँ को ठीक से तैयार करा दो। उनको लाल रंग बेहद प्रिय

है। वही पहना दो। हाँ, चूड़ियाँ भी पहनाना और बिंदी लगाना न भूलना।" यह कहकर पिताजी बाहर जाकर स्टूल पर बैठ गए।

नीता ने नर्स की मदद से माँ को ठीक से तैयार कर दिया। माँ इस बीमारी की हालत में भी अच्छी लग रही थी। एकबारगी उसने अपने पिता की आँखों में कुछ चमक महसूस की, लेकिन क्षण भर में ही स्क्रीन सदृश सबकुछ साफ हो चुका था। बस, रह गई थी तो नमी, उसे पिता ने टिकने नहीं दिया। वह पहले के समान यथावत् अपने नियंत्रण में थे। अपनी भावनाओं की लगाम न वह पहले छोड़ते थे और न अब। उन्होंने तुरंत अपने को संयमित कर लिया। नीता ने सोचा कि उसके पिता कितने सख्त दिल इनसान हैं, भावनाओं रहित। जैसे भी हैं, हैं तो मेरे पिता ही।

"बेटा, डॉक्टर को बुला लाओ। उनसे कुछ बात करनी है।"

पिताजी ने धीरे-से सिर उठाया। शायद उनकी आँखें बहुत कुछ कहना चाहती थीं, पर वह इतना ही बोले, "हाँ, आइए डॉक्टर साहब! इनको जिंदा रखने के लिए मशीन पर कितना खर्च आएगा?"

"यही कोई सात हजार रुपए रोज।"

"और हम कब तक इन्हें जीवित रख सकते हैं?"

डॉक्टर थोड़ी देर चुप रहा, फिर बोला, "वैसे तो जब तक आप चाहें, पर थोड़े ही दिन रखा जा सकता है।"

"उसके बाद कोई उम्मीद?"

"डॉक्टरी शब्दों में कुछ नहीं। ये सिर्फ लाश हैं। अगर आप इनके ऊपर पैसे लगा सकते हैं, तो क्या हर्ज है? शायद ईश्वर कारसाज हो उठे।"

पिताजी काफी देर तक सोचते रहे। फिर बोले, "कृत्रिम साँसों का इतना मूल्य नहीं है कि वह जीवन पर हावी हो जाए।" उन्होंने स्टूल को दोनों हाथों से पकड़ लिया। फिर गहरी आवाज में बोले, "ऑक्सीजन की मशीन हटा लो।"

नीता को लगा, जैसे उसके पिताजी की आवाज किसी गहरे कुएँ में से आ रही हो। जीवन भर का साथ लम्हों में सिर्फ एक साँस की दूरी पर हो

गया। नीता दौड़कर माँ से लिपट गई और फफक-फफककर रो पड़ी। पीछे से पिताजी की आवाज आई, "अब कोई फायदा नहीं रोने से। सबको खबर कर दो कि माँ मर गई।"

डॉक्टर ने थोड़ी देर पिताजी की तरफ देखा। शायद वह अपना निर्णय बदलना चाहें। पर नहीं, हमेशा की तरह पिताजी अडिग रहे।

माँ की गरदन एक तरफ लुढ़क गई।

□

अंतिम इच्छा

अखबार के पन्ने उलटते हुए उसका मन कसमसा गया। सब तरफ हत्या, लूट और मारपीट की खबरों ने जैसे अखबार के पन्नों को एकाएक लहू के रंग से रँग दिया था। खून की कीमत शायद कुछ रह ही नहीं गई थी। शायद मौत से सस्ती हो चली थी—जीवन बेमोल। पृष्ठ के दाईं ओर दारा सिंह का फोटो छपा था। वह फिल्मों में आनेवाले पहलवान दारा सिंह नहीं, अपितु उड़ीसा का निर्मम कातिल दारा सिंह था, जिसने अपनी उन्मादता में एक फिरंगी का जीवन छीन लिया था। वह शायद एक हत्या कर अपनी आग को ठंडी नहीं कर पाया और उसने गाड़ी में बैठे हुए दो मासूमों को भी खत्म कर दिया। उसने एक पल भी नहीं सोचा कि वह कैसे इतनी जिंदगियों को खत्म कर रहा है? कितना बेखौफ और कितना निर्द्वंद्व? मासूमों की आँखों में शायद वह मृत्यु का भय भी पढ़ नहीं पाया था। क्या मनुष्य ऐसा ही होता है? अपने उद्‌देश्यों की पूर्ति में वह इतना संलग्न हो जाता है कि दूसरे की भावनाओं के प्रति उदासीनता अख्तियार कर लेता है।

यह सब सोचते-सोचते मिसेज चौहान उर्फ पम्मी को ज्ञान ही नहीं हो पाया कि उसका नाम क्लीनिक में पुकारा जा रहा है।

नर्स एक-दो बार पम्मी का नाम पुकार चुकी थी, क्योंकि इस बार उसकी आवाज थोड़ी खिजलाई हुई थी, "मिसेज चौहान?"

वह हड़बड़ाकर उठी, "जी, मैं यहाँ हूँ। बस, आ रही हूँ।" वह पर्स उठाते हुए डॉक्टर के रूम में प्रवेश कर गई और यंत्रवत् कब उनके सामने

थी—इसका उसे ज्ञान ही न रहा।

डॉ. कपूर उसकी रिपोर्ट्स का गंभीरतापूर्वक मुद्रा में अवलोकन कर रहे थे। वह चाहते हुए भी नहीं समझ पा रहे थे कि बात कहाँ से शुरू की जाए? फिर ऐसा नहीं कि मरीज अनपढ़ गँवार था। 'पेट में गोला है, जिसका इलाज जरूरी है,' कहकर बात समाप्त कर देने से कोई फर्क न पड़ेगा। यहाँ तो एक पढ़ी-लिखी, सौंदर्य से परिपूर्ण अधेड़ उम्र की महिला बैठी थी, जो अपना मर्ज कुछ-कुछ जानती थी। उसको आप इधर-उधर घुमा भी नहीं सकते। डॉ. कपूर ने एक नजर उस मरीज पर डाली और दूसरी रिपोर्ट पर। फिर अपने आपको सहज करने के लिए कमरे के चारों तरफ दृष्टिपात किया। दीवारों पर मेडिकल साइंस की उपलब्धियों की एक-से-एक बेमिसाल तसवीरें लगी थीं। जीवनदायिनी दवाओं के नाम बड़े-बड़े अक्षरों में पट्टियों पर अंकित थे, पर मौत—वह तो एक अबूझ पहेली बनकर हमेशा मौन चुनौती दे जाती थी। फिर जब जीवन है, तो मृत्यु दूर कहाँ? डॉक्टर का जीवन इसी में बीतता है। कभी-कभी मृत्यु की घोषणा कठिन नहीं प्रतीत होती, पर कुछ एक में तो मानो वज्रपात हो पाता है। वह शांत और संयत होकर अपने मरीज का अवलोकन करने लगे। मिसेज चौहान के सुंदर चेहरे पर कहीं-कहीं जीवन की दुश्चिंताएँ लकीरें बनकर उभरने लगी थीं। उसी ने मौन तोड़ा, "डॉ. साहब, मुझे क्या हुआ है?"

यह प्रश्न गोली-सा डॉक्टर के सीने में जा लगा, जैसे प्रश्न का उत्तर सही या गलत में उनको प्रश्न-पत्र में करना था। तपाक से उनके मुँह से निकला, "कैंसर।" फिर जैसे अपने ही शब्द उनके कानों को झुठलाने लगे, "आपके पति आपके साथ नहीं आए हैं?" स्थिति की नाजुकता को सँभालने हुए डॉ. साहब बोले।

पम्मी की आँखें बीमारी का नाम सुनकर भर आई थीं, पर जैसे उसे अपनी बीमारी का पूर्वानुमान हो गया था। काफी देर मौन रहने के बाद उसने अपने को समेटना शुरू किया। ये उसको क्या हो रहा है? सारी भावनाएँ जैसे एक-एक कर शून्य हो चली हैं। वह एक अँधेरे पाताल में गिरती जा

रही है। पर नहीं, उसको अंधकार से बाहर आना होगा। उसे पता ही नहीं चला कि कब डॉ. ने उठकर उसके कंधे पर अपना हाथ रख दिया, "मेरा मकसद आपको दुःखी करना नहीं था। पर आपसे बीमारी छुपाकर हम कोई सफलता नहीं हासिल कर पाते, क्योंकि आपका इलाज लंबा चलेगा। आपको कीमोथेरैपी की आवश्यकता है। चूँकि आपको खुद आना पड़ेगा, तो बेहतर है कि आप शुरू से ही अपनी बीमारी के प्रति सचेत हों और ईश्वर के प्रति आश्वस्त होकर इलाज शुरू करें। प्रक्रिया लंबी है।" यह कहकर डॉ. साहब चुप हो गए। उन्होंने आगे यह नहीं कहा कि यह बीमारी तकलीफदेह भी है और अंत निश्चित है। जीवन के बस कुछ महीने या एकाध साल ही शेष है।

पम्मी बहुत कुछ पूछना चाहती थी और बहुत कुछ जानना चाहती थी, पर सामने बैठा डॉक्टर नहीं था। वह तो जज था और पम्मी दारा सिंह। जज उसकी फाइलों का अवलोकन कर रहा था। उसके जुर्मों का लेखा-जोखा पढ़ रहा था। सजा मुकर्रर करने में उसे अभी वक्त लग रहा था।

"डॉक्टर साहब, मैंने क्या अपराध किया है, जो ईश्वर ने मुझे ऐसी सजा सुनाई? मैंने तो सपने में भी किसी का दिल नहीं दुःखाया। कभी किसी का बुरा नहीं सोचा और विधाता आज इतना निर्दयी होकर आँखों में पट्टी बाँध निर्णय ले रहा है।" वह चीखना चाहती थी कि मुझे इनसाफ चाहिए—इनसाफ! मैं जीना चाहती हूँ। लेकिन उसकी आवाज सुनकर घुटकर रह गई।

डॉक्टर ने हौसला बढ़ाते हुए कहा, "घबराइए नहीं, मेडिकल साइंस काफी प्रगति कर गया है। सब ठीक हो जाएगा।"

"सब ठीक हो जाएगा?" उसने डॉक्टर की आँखों में घूरकर देखा। डॉक्टर साहब सकपका गए।

मरीज किस मानसिक अवसाद से गुजर रहा है, इस स्थिति का उनको ज्ञान था। उन्होंने दराज खोलकर दो टैबलेट निकाल पम्मी के हाथ पर रख दिए और घंटी बजाकर नर्स को बुलाकर पानी लाने का इशारा किया।

पम्मी को संयत होने में थोड़ा वक्त लगा, पर इस कमरे में आने के पहले

और कमरे से निकलने के बीच की दूरी अनंत हो गई। जैसे वह एक संपूर्ण जीवन का फासला तय करके आई है, पर इतने लंबे फासले में वह सर्वथा अकेली थी। उसने गाड़ी में आँखें बंद कर लीं, शायद मौत का भय विलुप्त हो जाए। पर एक झीने आवरण से जैसे उसने तन तो तन, मन को भी ढक लिया था। सहसा उसे हल्की सर्दी सी कँपकँपी लगी और उसने साड़ी का पल्लू कसके अपने तन पर खींच लिया।

जीवन का इतना लंबा सफर उसने निखिल के साथ कैसे पूरा कर लिया—इसका उसको कभी ज्ञान ही न हुआ। अगले महीने शादी की पच्चीसवीं सालगिरह है। पच्चीस साल का एक लंबा सफर और कहाँ एक दिन काटना मुश्किल हो रहा था। इतने लंबे सफर में उसने कितनी ही बार निखिल को समझना चाहा। हर बार उसको ऐसा लगा कि वह मंजिल के कितने करीब है और हर बार जैसे पकड़ कुछ ढीली हो जाती तथा मंजिल दूर। ऐसा नहीं था कि निखिल उसको चाहता नहीं था। चाहता ही होगा, पर एक आम भारतीय पुरुष की तरह उसका अहं इस बात को कहने से रोक देता कि वह अपनी स्त्री का गुलाम है। पम्मी के सारे गुण उसके स्त्री होने के दोष के नीचे दब गए थे। बच्चे होने के बाद तो जैसे उसका जीवन सिमटकर घर की चहारदीवारी में उलझ गया था। अपनी आकांक्षाओं और जीवन की ललक को उसने अपने बच्चों के भविष्य में सँजो दिया था। ऐसा नहीं था कि उसको अपने पति से प्यार नहीं था, पर एक अनजानी चुप्पी और असुरक्षा की भावना ने उसको चारों ओर से घेर लिया था। उसका आतुर मन पति के प्रेम के लिए तरसता और पति का व्यक्तित्व एक ढाल बनकर खड़ा हो जाता, जिसको वह चाहकर भी न तोड़ पाती।

जीवन भर पम्मी नितांत अकेली रही और आज मौत के समय भी वह नितांत अकेली है। एकाएक वह घबरा उठी। जाड़े की गुनगुनी ठंड के बावजूद उसके माथे पर हल्के पसीने की बूँदें छलक आईं और आँखों के कोनों में हल्की नमी।

घर पहुँचने पर खाली इमारतों ने मौत की खबर का स्वागत किया। वह

सिहर उठी। यह अब तक उसका घर था, पर कब तक? पम्मी ने एक-एक करके घर की सजी-सजाई चीज पर सरसरी-सी निगाह डाली। कहाँ-कहाँ से जतन करके उसने अपने घर को सजाया था और आज जैसे सब निष्ठुर एवं प्राण-विहीन हो उठे थे। कल तक वह जैसे एक-एक चीज से बोलती प्रतीत होती थी और आज सब किसी अन्य लोक के प्रतीत हो रहे थे। नहीं, सब वस्तुएँ इसी लोक की हैं। सिर्फ वह इस लोक में मेहमान बन गई है। सहसा उसके आँसू कपोलों को छूने लगे। यह उसको क्या हो गया है? वह शायद पागल हो रही है। उसने अपने कमरे का दरवाजा अभी खोला ही था कि फोन की घंटी बज उठी। फोन उसके पति का था। काफी देर तक तो वह कुछ बोल ही न पाई। सिर्फ 'हैलो' कहकर चुप हो गई।

"पम्मी, क्या हुआ? कुछ तो बोलो।"

वह न चाहते हुए भी बोल उठी, "कैंसर।" और रिसीवर रख दिया। उसकी आवाज कहीं गहरे कंठरूपी कुएँ से निकलती प्रतीत हुई थी। यह उसकी आवाज न थी, यह किसी और के ऊपर बीत रही थी। यह किसी दूसरे की आवाज थी। वह बेजान-सी होकर पलंग पर लुढ़क गई और रोती रही। उधर फोन की घंटी काफी देर तक 'ट्रिन-ट्रिन' बजती रही और वह उन सबसे बेखबर बेसुध पड़ी रही।

उसका पति भी उसके जीवन से बेसुध अपनी अनजान मंजिल पाने में लगा था। जो उसके जीवन की मंजिल होनी चाहिए थी, वह उससे दूर होती जा रही थी। पम्मी डर और असुरक्षा के कारण सिमटकर सिसक उठी।

शनैः-शनैः पूरा घर बीमारी के आवरण में जीने लगा।

अनजाने ही दारा सिंह के प्रति एक रुझान हो गया। इधर उसका इलाज शुरू हुआ और उधर दारा सिंह पर केस की काररवाई।

(2)

पम्मी के इस थके जीवन में ताजगी की एक बहार आई थी। आज से दस वर्ष पूर्व उत्कल ने उसके जीवन में प्रवेश किया था—एक बेहद वाचाल खुशमिजाज इनसान, जिसने पम्मी के जीवन और सोच को बदलकर रख

दिया। जैसे उत्कल नाम, वैसे ही संस्कृति से ओत-प्रोत। धीरे-धीरे चाहे-अनचाहे पम्मी उसके रंग में रँग गई थी। यह कब हुआ और कैसे हुआ—इसका उसे कभी ज्ञान न हो पाया, पर उसके अस्तित्व की गरिमा का भान वह जरूर करा गया। उसके हल्के-से स्पर्श से पम्मी बदलने लगी। अगर यह कहा जाए तो अतिशयोक्ति न होगी कि वह निखरने लगी। उसके अंदर से गुण, जो लुप्तप्राय जीव के विलोपित हो गए थे, उन्हें पुनर्जीवन मिला। उसकी सोच को एक दिशा मिली और जीवन को उद्‍देश्य। शायद यह प्रेम का स्पर्श है, जो बहते हुए उच्छृंखल पानी के वेग को बाँध पाने की क्षमता रखता है। हर चुनौती से पहले पम्मी पूछती, 'क्या मैं इसको कर पाऊँगी?'

वह उत्तर देता, 'या तो चुनौती स्वीकार करो या फिर जीवन भर बैठकर रोओ।'

और नए जीवन के सपनों में वह सृजनात्मक होती चली गई। उसको पेंटिंग का कभी शौक रहा था। एक दिन उत्कल की निगाह दीवार पर बने उसके स्कूली जीवन के चित्र की तरफ चली गई, "पम्मी, ऐसा प्रतीत होता है जैसे किसी कलाकार ने साक्षात् इसमें रंग भर दिए हैं।"

"पर मैं तो ठहरी छोटी-मोटी कलाकार! मुझमें मिस्टर घोष जैसा हुनर कहाँ?" वह घबराकर बोलती। इतने साल पति के साथ रहते-रहते उसमें हीन भावना ने अच्छी तरह घर कर लिया था।

अगर पति कभी मजाक में भी कह देता कि 'पम्मी, तुममें नहीं क्षमता', तो वह उसको सच मान लेती।

जब पम्मी ने जीवन में दुबारा कलर और ब्रश उठाया, तो पति ने हँसकर कहा था, "बुढ़ापे में ये क्या ऊटपटाँग शौक पाल रखा है? अरे, अब कहीं उम्र रह गई है पेंटिंग-वेंटिंग करने की? घर बैठो और बच्चे देखो। अब बेटी इतनी बड़ी हो गई है कि उसको कुछ सिखाओ-विखाओ। कहाँ ये चक्कर ले बैठीं?" और पम्मी अपने पक रहे बालों को ही शीशे में निहारने लगती।

वह वाकई मन-ही-मन सोचती, 'अब मैं कुछ करके भी क्या हासिल कर पाऊँगी? उम्र हो चली है। बेहतर इसी में है कि स्मिता को कुछ बता दूँ।'

पर उत्कल का प्रोत्साहन उसमें जीवन का संचार कर देता, "पम्मी, चौंतीस साल का मैं हूँ और चौंतीस की तुम। अरे, क्या हुआ जो जल्दी शादी हो गई? इससे घाटा ही क्या है? कुछ नहीं तो, फिर ट्राई करने में हर्ज ही क्या है?"

और वाकई पेंटिंग बनाने से उसका कोई नुकसान तो होनेवाला नहीं। अलबत्ता, वक्त ही कट जाएगा। इधर वह देख रही थी कि बच्चों के पास भी उसके लिए वक्त नहीं था और वह नितांत अकेली पड़ती जा रही थी। फिर इससे उसका मन लगा रहेगा। यह सोचते ही पहली पेंटिंग का श्रीगणेश हो गया।

जैसे-जैसे उसकी पेंटिंग में रंग भरने लगे, वैसे-वैसे उसके जीवन के उदासीन रंग भी लालिमा लेने लगे। तैलीय रंगों में भी जीवन के सच उभरकर आने लगे। हर चित्र की पूर्णता उसके अंदर एक स्फूर्ति के संचार के साथ-साथ ज्योतिर्मय मार्ग प्रशस्त करने लगे।

पम्मी अपनी पहली चित्र प्रदर्शनी के लिए चित्र बनाने में मशगूल हो गई। इधर उसके सर्वांगीण विकास के साथ-साथ अपूर्ण व्यक्तित्व को पूर्णता मिल गई। पर जब कभी वह उत्कल के करीब आने की कोशिश करती, वह प्यार से झिड़क देता, "पम्मी, हमारे जीवन से इतनी जिंदगियाँ जुड़ी हैं कि हम कुछ भी गलत नहीं कर सकते। मैं तुम्हें बेहद चाहता हूँ, पर चाहत और समर्पण के बीच एक झीरना परदा रहने दो। इस जीवन में मैं इतना जरूर चाहता हूँ कि अगले जीवन में सिर्फ तुम और मैं रहेंगे—यह मेरा वादा है।"

और पम्मी रो पड़ती, "मेरी मृत्यु पर तो आओगे। मेरी चिता को आग अवश्य देना।"

उत्कल चिढ़ाते हुए बोलता, "अरे, मरने के पहले कम-से-कम तुम या कोई दूसरा खबर तो करेगा कि मेरी पम्मी मरने वाली है। मैं दौड़ा-दौड़ा चला आऊँगा। पर कहाँ मैं जीने की बात कर रहा हूँ और तुम मरने पर आ गईं। बस, तुममें यही बुराई है। दिन में एक बार अवश्य मरने-मारने की बात करती हो। जीवन मिला है जीने के लिए—मरनेवाले तो कायर होते हैं। मेरी पम्मी तो बहादुर है। वह अवश्य जीवन जी के दिखाएगी।"

पहली चित्र प्रदर्शनी में उत्कल नहीं आ पाया था। उस समय तक उसका तबादला हो गया था। वह दूसरे शहर चला गया, पर जाने से पहले बोल गया, "मैं तुम्हारा इंतजार करूँगा। माफ करना, मैं तुम्हारी सारी ख्वाहिशें पूरी नहीं कर पाया। यह दो परिवारों की प्रतिष्ठा थी, पर मेरी चाहत में कहीं कमी नहीं रही। हम लोगों ने मर्यादित ढंग से अपने प्रेम का निर्वाह किया। कभी सीमा नहीं लाँघी, पर मेरी आँखों में देखो, पम्मी! सागर की-सी गहराई है इसमें, और वह अथाह सागर सिर्फ तुम्हारे प्रति अनुराग है।"

पम्मी उसके चरित्र की महानता के प्रति नतमस्तक हो गई थी। उसको नहीं पता कि पवित्र प्रेम इसी को कहते हैं, जिसमें डूबकर कोई व्यक्ति अपने जीवन में इतनी श्रेष्ठता हासिल कर सकता है।

उसकी प्रदर्शनी को काफी सराहा गया। शहर के अनेकानेक गण्यमान्य व्यक्ति उसमें उपस्थित थे और उसका पति हर एक से सगर्व कह रहा था, "सर, ये वाली देखिए।" हर तरफ उसकी पत्नी की श्रेष्ठता की तारीफ थी।

श्रेष्ठ पत्नी की श्रेष्ठता का श्रेय निखिल लेकर चारों तरफ घूम रहा था और पम्मी एक कोने में बैठी अपनी सफलता में निखिल का योगदान ढूँढ़ रही थी। एक गहरी साँस छोड़कर उसने अपनी आँखें बंद कर लीं। सामने उत्कल खड़ा था, हाथ फैलाए। जीवन भर की असफलताओं पर सीधा प्रहार। पम्मी के डॉ. परमिंदर चौहान बन जाने का मूलमंत्र। पम्मी के शून्य अस्तित्व से संपूर्ण अस्तित्व की गाथा और पम्मी रो पड़ी। अश्रुओं की धारा एक-एक बूँद समर्पित चरण स्पर्श बनकर उत्कल के पैरों पर गिरने लगी।

"उत्कल, आज तो तुम्हें मेरे पास रहना चाहिए था।" उत्कल का हाथ उसके हाथ में आ गया। एक चुनौतीपूर्ण जीवन में अदम्य मजबूत सहारा।

"पम्मी, वेल डन। तुमसे यही उम्मीद थी। मैं जानता था कि तुममें क्षमता है। आज देखो, सब तुमको जान गए।"

"हाँ, उत्कल। तुम्हारे सहारे मैं एक व्यक्तित्व हूँ—सिर्फ तुम्हारे सहारे।"

"पम्मी···कहाँ हो?" एक कर्कश आवाज ने उसकी तंद्रा भंग कर दी। उसका पति उसको खोज रहा था। कोई मिस्टर खन्ना उसको ढूँढ़ रहे थे।

मिस्टर खन्ना—दिल्ली की आर्ट गैलरी के मैनेजर उसकी पेंटिंग से काफी प्रभावित थे। वे उसकी एक प्रदर्शनी दिल्ली में चाहते थे और निखिल गर्व मिश्रित प्रशंसा से उसको मिलवा रहे थे, "जी, मेरी पत्नी डॉ. परमिंदर चौहान।"

(3)

दारा सिंह पर केस लंबा चलना था, चला भी। हाईकोर्ट ने उसे फाँसी की सजा सुना दी, "हैंग टिल डेथ।"

उस दिन दौड़कर टुडू ने बताया था, "मालिक, एक अंग्रेज फिरंगी अपने परिवार सहित गाँव में आया है। ईसाइयत का संदेश फैलाता है। बाहर की हवा लाकर यहाँ की संस्कृति का विनाश करता है। पहले भी अंग्रेज आए और हमें बरबाद कर गए। ये भी...।" उसकी आँखों में खून उतर आया। पिछली बार जो अंग्रेज आया था, उसके घर टुडू की बहन झरिया काम पर जाती थी। झरिया को जाते-जाते पेट में बच्चा दे गया। आज भी उस नाजायज संतान को देखकर टुडू की आँखों में खून उतर आता है।

यह बात दारा सेठ को पता थी। यह भी मालूम था कि टुडू अंग्रेजों से घृणा करता है। पता था कि टुडू के पूर्वजों ने सदियों से उसके परिवार की सेवा की है। तब से की है, जब से दारा सिंह के पूर्वज गया जिले से आकर यहाँ बस गए। दारा सिंह के पूर्वज यहाँ लोहा ढूँढ़ने आए थे और लोहे की जंजीर में बँधकर यहीं के होकर रह गए। टुडू के पूर्वजों ने रक्त की शुद्धता को बनाए रखा था।

"देखे लेंगे, टुडू। काहे चिंता करते हो? अरे, जब पहले किसी को टिकने नहीं दिया, तो यह फिलिप्प क्या चीज है? जाएगा नहीं तो अपनी मौत मारा जाएगा।"

लेकिन फिलिप्प जाने के लिए नहीं आया था और न ही ईसाई धर्म फैलाने आया था। वह तो समाजसेवी था। गरीबों से प्रभावित होकर इस गाँव में अपनी निष्ठापूर्ण सेवा प्रदान करने आया था। पेशे से डॉक्टर फिलिप्प इस गाँव से झाड़-फूँक और ओझा को भगाने आया था। गरीब खुश थे, पर ओझा नाखुश।

"देखना, देवता का कहर बरसेगा फिलिप्प पर—देवता का प्रकोप। अभी नादान ठहरा। भाग जा, गाँव को छोड़ दे। नहीं तो तेरी बलि हम देवता को चढ़ाएँगे।" रात में डुगडुगी बजाकर हीरा माँझी गाँव की चौपाल पर चिल्ला-चिल्लाकर ऐलान करता और गाँववाले डरकर दरवाजे बंद कर लेते। हीरा माँझी पाँच फीट का भुजंग काला व्यक्ति था। वह जितना कुरूप तन से था, उससे अधिक मन से। श्मशान में बैठ, देवी-देवता सिद्ध कर लिये थे उसने। उनका भय दिखाकर वह गाँववालों को डराता और मुफ्त में पैसे ऐंठता। दारा सिंह के अलावा अगर आदिवासी किसी से डरते थे, तो वह था—हीरा माँझी।

लेकिन फिलिप्प जात-पात से ऊपर विचारों और कर्म की श्रेष्ठता की बदौलत गाँव में अपनी एक पैठ बनाए हुए था। धीरे-धीरे उसके स्वतंत्रता के सिद्धांत गाँववाले आत्मसात् करने लगे थे। स्वतंत्रता किसे प्रिय नहीं होती?

स्वतंत्रता हेंब्रम मुर्मु को भी प्रिय थी। प्रिय क्यों न होती—पुश्तों से उसका परिवार दारा सिंह के यहाँ काम कर रहा था। खेत जोतता, खलिहान देखता और बदले में मिलते थोड़े से चावल। आज सुबह से ही उसका दिमाग खराब था। रह-रहकर वह मँगरा पर झुंझला रहा था, "तुमसे कोई काम ठीक तरह नहीं होता। जब देखो, तब गड़बड़। वहीं अपने बाप के यहाँ रह जाओ। वहीं तुम्हारे नखरे चलेंगे।"

मँगरा मुँह बंद करके काम करती रही। वैसे भी इतने साल से हेंब्रम के साथ रहते-रहते उसके दिल-दिमाग ने सोचना बंद कर दिया था। हेंब्रम उधर दारा सिंह के यहाँ जुटा रहता और इधर यह उसके घर में। वह जान रही थी कि हेंब्रम क्यों नाराज था? कल उससे गलती से बैल खड्ड में गिर गया। जब काफी देर बाद भी नहीं निकला, तो जाने कैसे दारा सिंह को इसकी खबर हो गई। खेत पर आकर उसने हेंब्रम की पिटाई लगा दी, 'सड़ाक-सड़ाक।' हेंब्रम दर्द से छटपटा उठा।

मँगरा प्यार से आकर उसके पास बैठ गई और नंगे बदन पर उभर आए चोटों के निशान पर हल्दी का लेप लगाने लगी। हेंब्रम पहले तो अचकचाया, फिर शीतलता का अनुभव आत्मसात् करने लगा।

"बहुत मारा तेरे को?" मँगरा बोली।

हेंब्रम ने सिर झुकाकर मौन स्वीकृति दे दी, लेकिन पत्नी के आगे इस तरह हीन ठहरना उसे अच्छा नहीं लगा। वह जमीन पर थूकते हुए बोला, "साले ने मारा ही नहीं, उस बैल की तरह जुतवाकर पूरे खेत में घुमाया भी है। मैं उसका खून पी जाऊँगा।"

मँगरा सिहर उठी। उसने अपने आसपास के लोगों को खेत से बाहर निकल जंगल में जाते देखा था। जंगल में देवता के सामने जाकर सब कसम खाते हैं कि आनेवाले वक्त में वे अन्याय नहीं सहेंगे तथा हथियारबंद क्रांति से वह व्यवस्था बदलेंगे।

'ठाँय···ठाँय।' बंदूक की आवाज से वह सिहर उठी। अभी कुछ ही दिन पहले संगठन के एरिया कमांडर जितेंदर महतो की पुलिस मुठभेड़ में मृत्यु हुई थी। वह हेंब्रम को खोना नहीं चाहती थी। वह धीरे-से उठी और आड़ में रखी हुई हँड़िया लाकर हेंब्रम को पकड़ा दी। पहला घूँट पीते ही वह जैसे मस्त हो गया।

मँगरा घर को लीप-पोतकर हाट-बाजार के लिए निकल पड़ी। ढेरों काम पड़ा था। बकरी को भी आज हाट में बेचना था। उसके कदम तेजी से बाजार की तरफ उठ गए। हेंब्रम खाट पर पड़ा हँड़िया पीता रहा और चिलम कसता रहा।

(4)

उस अंग्रेज की जड़ें समाज में गहरी होती जा रही थीं और जितनी उसकी जड़ें हो रही थीं, उतना ही दारा सिंह को उसके प्रति घृणा।

"मार दो साले को। न रहेगा बाँस, न बजेगी बाँसुरी।"

फिर उस काली स्याह रात में पेड़ के नीचे टुडू और हीरा माँझी के साथ बैठकर एक भयानक षड्यंत्र को अंजाम देने की योजना बन गई।

"कोई खतरा··· ?" टुडू थोड़ा सहमते हुए बोला।

"खतरा और कहे भी दारा सिंह को? हा···हा···हा। अरे, मार के फेंक देंगे साले को खेतों के बीच। रात में मारेंगे तो सियार और गीदड़ ही लाश का

काम तमाम कर देंगे। मेरे होते डर काहे का ? मैं दारा सिंह···।" अभिमान भरी हँसी ने माहौल में विद्रूपता भर दी थी।

हेंब्रम दारा सिंह का पैर दबा रहा था। तभी उसकी आँखों में खून उतर आया।

उधर पहाड़ों के महिमामय खंडों के बीच एक वेगमान नदी, जिसे आदिवासी भाषा में 'चंडी' बोलते हैं, कलकलाती हुई बह रही थी। प्रवाह तेज था। वह उफनती हुई समस्त बाँध जैसे तोड़ देना चाहती थी। स्वच्छंदता और स्वतंत्रता उसको प्रिय थी। वह यौवन की आँधी में परिपूर्ण थी। दुर्गम रास्ते तय करना उसकी फितरत थी।

हेंब्रम अँधेरे में ही नदी की तह पकड़े भागा जा रहा था। वक्त रहते ही वह फिलिप्प को सूचित कर देना चाहता था कि गाँव छोड़ दो। यह जगह तुम्हारे विचारों को ग्रहण करने के लिए उपयुक्त नहीं है। चलो, जाओ वापस अपनी धरती पर, अपने लोगों के बीच। इस गाँव में देवी का प्रकोप है। सुनते हैं कि बहुत पहले देवी को ठीक से बलि नहीं चढ़ी थी। तब से देवी कुपित हो एक-एक कर गाँव वालों को लील रही है। ऐसा ही बोला था न हीरा माँझी ने—ऐसा ही बोला था। जब जंगल में दावानल की तरह आग लगी थी, तो वह जंगल, पर्वत, नदी—सब लील जाना चाहती थी। ऐसा ही कहा था हीरा माँझी ने।

वह भागना चाह रहा था, पर भाग न पाया। पत्थर पर गिर पड़ा और लुढ़क गया। चोट सिर पर आई थी। वह काफी वक्त तक मूर्च्छित पड़ा रहा।

नदी कलकल कर बहती रही। बहना ही उसका काम था। धीरे-धीरे चाँदनी नई हवा के झोंकों के साथ अपने गंतव्य की ओर प्रस्थान कर रही थी। भोर फट चुकी थी। हेंब्रम को भी रह-रहकर होश आ रहा था। काफी देर बाद वह साहस जुटा पाया खड़े होने के लिए। वह अपने पैरों पर जैसे ही खड़ा हो पाया, वैसे ही सहसा उसको फिलिप्प का खयाल आया। वह भागा—फिलिप्प को सचेत करने के लिए।

उधर फिलिप्प जिंदा जलकर खाक बन चुका था। रातोरात दारा सिंह ने अपने काम को मुकाम दे दिया था।

"नहीं!" हेम्ब्रज जोरों से चीखा और थाने की ओर लपका। बदहवासी में वह चीख रहा था, "थानेदार साहब, दारा सिंह ने ही मारा है। उस अंग्रेज फिरंगी को दारा सिंह ने मारा है।" हेंब्रम को अपनी आवाज बेमानी प्रतीत हो रही थी। आज तक कभी भी वह इतनी जोरों से नहीं चीखा था। उसकी तो आवाज ही नहीं निकलती थी। कहीं बँधुआ मजदूरों की आवाज होती है ?

बस, दारा सिंह से यही गलती हो गई। फिलिप्प कोई गाँव का साधारण व्यक्ति नहीं था। वह अंग्रेज फिरंगी था। पूरा देश उसके साथ था और दारा सिंह जीवन में पहली बार अकेला पड़ा था—नितांत अकेला। पहली बार उसको मौत से डर लगा था। मौत उसको भी आ सकती थी और आ ही गई।

"ऑर्डर-ऑर्डर! फिलिप्प और उसके दो पुत्रों की हत्या के जुर्म में—ही शुड बी हैंग टू डेथ।"

शाम को हेंब्रम तेज जलती अग्नि के ऊपर साबुत मुरगी पका रहा था। पुरजोर दावत का इंतजाम था। आदिवासी समुदाय ढोल के बोल पर थाप देते हुए नृत्य कर रहा था। दारा सिंह की सजा एक जश्न था और उत्सव मनाया जा रहा था।

(5)

पम्मी का इलाज बेहद तकलीफदेह था। हर बार इलाज के दौरान वह तिल-तिल कर मरती थी। फिर हिम्मत करके अपनी अतींद्रिय शक्तियों को इकट्ठा करके नए जीवन में जुट जाती। मरनेवाले के मन में अकसर जीवन जीने और साहस से लड़ने की भावना खत्म हो जाती है। उसने जैसे अपने भाग्य से समझौता कर लिया था। पर वह इस बात से नहीं मुक्त हो पा रही थी कि मरने से पहले वह एक बार भी उत्कल से नहीं मिल पाएगी। उत्कल ने वादा किया था कि वह आएगा। इस लोक के सभी दैहिक बंधनों से वह उसी के हाथों मुक्त होना चाहती थी। एक दिन मर्माहत पीड़ा से वह रो उठी, "उत्कल, इस शरीर से तो निखिल मुक्त कर देगा, पर मन के बंधन से मुझे मुक्त करो, उत्कल! मुझे मुक्त करो। अब मैं अधिक कष्ट नहीं सहन कर सकती।"

एक दिन उसने निखिल से स्वीकृति चाही, "निखिल! अब मैं बचूँगी नहीं।"

निखिल तड़प उठा, "ऐसा क्यों कहती हो? मैं तुम्हें मरने नहीं दूँगा।"

पम्मी ने गहन पीड़ा से उसकी आँखों में आँख डालकर देखा, 'तुमने मुझे जीने ही कहाँ दिया, निखिल? मैं एक स्त्री थी। तुम्हारी पत्नी, तुम्हारी गुलाम। तुमने मुझे जीते-जी मार दिया। मैं तुम्हारी कैदी थी, कैदी हूँ। कम-से-कम मेरी आखिरी ख्वाहिश तो पूरी हो जाने दो।' पर चाहकर भी वह ये शब्द मुँह से न निकाल पाई। वे शब्द सिर्फ गले में ही प्रतिध्वनित होकर आत्मा के द्वार पर वापस लौट गए। उनको बाहर आने का हक न था।

"निखिल, मेरी एक बात मान लो।"

"बोलो।"

"पहले वादा करो कि तुम पूरा करोगे।"

"नहीं, मैं ऐसे वादे नहीं करता। कहीं पति-पत्नी के रिश्ते में भी कसमें-वादे होते हैं? अरे, जिन रिश्तों की कोई बुनियाद न हो, क्या उसको वादे जोड़ पाते हैं? फिर भी बोलो।"

पम्मी बहुत देर तक निखिल का अवलोकन करती रही। फिर बोली, "नहीं, आज नहीं, फिर कभी।" वह बात पूरी करने का साहस न जुटा पाई।

और एक दिन पम्मी ने बोल ही दिया, "निखिल, मुझे एक बार उत्कल से मिलकर आने दो।"

निखिल की समझ में सारे बंधन टूटते नजर आए।

"पम्मी, सारा जीवन तुमने निरर्थक बिता दिया।" उसका शरीर काँपने लगा।

"पम्मी बेवफा नहीं।"

वह चीख उठा, "तुम ऐसा नहीं कर सकती, पम्मी! तुम मुझे धोखा नहीं दे सकती।"

पम्मी शांत रही। इसी ज्वार-भाटे की उसे उम्मीद थी।

"निखिल, मैंने तुम्हें कोई धोखा नहीं दिया। मेरे और उत्कल के बीच पवित्र रिश्ता है। वह मेरा···सबसे अच्छा दोस्त है। एक ऐसा इनसान,

जिसकी मैं सच्ची श्रद्धा से पूजा करती हूँ। आज मेरे जीवन के समस्त मुकाम उसकी भेंट हैं। वह एक ऐसा इनसान है, जो मेरे जीवन की दिशा बदलकर खुद किसी दुनिया में खो गया।"

निखिल काँप रहा था। उसका पुरुषत्व इसे चुनौती समझ प्रतिकार करना चाहता था। एक हिंदुस्तानी पति की स्त्री जीवनपर्यंत उसकी कैदी होती है। उसकी स्वतंत्रता का अर्थ—चरित्रहीनता। चरित्र और भावनाओं का फर्क वह नहीं कर पाता। सच्ची दोस्त और स्त्री-पुरुष—उसके अहं को ठेस पहुँची। फिर भी वह सचेत होता हुए बोला, "पम्मी, अगर मैं तुम्हें इजाजत भी दे दूँगा, तो यह समाज⋯।"

पम्मी को इजाजत चाहिए भी नहीं। जब आज तक निखिल ने कोई भी काम उसकी इजाजत लेकर नहीं किया, तो आज मृत्यु से पूर्व वह इजाजत क्यों चाहती है?

"समाज⋯।" पम्मी हँस पड़ी, "समाज तो तुम्हारा ही गठित है, निखिल! तुम उसको पोषित करते हो। वह तुम्हारा खरीदा हुआ टट्टू है। एक पालतू कुत्ता, जो सदा मालिक के प्रति वफादारी दिखाता है। जिस दिन मुझमें उसको खरीदने की ताकत आ जाएगी, उस दिन वह मेरा हो जाएगा।"

पर आज पम्मी मौन थी। सदियों से स्त्रियाँ सिर्फ मौन रही हैं, क्योंकि समाज के आगे उनका अस्तित्व गौण है। जिसका कोई अस्तित्व ही नहीं, वह अस्तित्व की लड़ाई क्या लड़ेगा?

पम्मी पहाड़ों के उस पार वृक्षों की शृंखला के बीच सफेद पक्षियों के उड़ते हुए झुंड को देख रही थी। चिड़ियाँ भी स्वतंत्र थीं—हवा भी, पेड़ भी और वह? वह मरने से पहले कुछ एक दिन भी अपनी इच्छाओं के अनुरूप नहीं जी पा रही थी।

वह सहसा उठी और अपने पेंटिंग रूम में गई। वहाँ वह सारे चित्रों को तहस-नहस करने लगी। वह अट्टहास करती जा रही थी और फाड़ती जा रही थी। वह कैसी थी⋯उसकी अंतिम इच्छा⋯एक जीवन पर⋯मृत्यु⋯पूर्ण विराम⋯।

निखिल के दूसरे विवाह की तैयारी चल रही थी।

□

दारा सिंह को आज ले जाया जा रहा है। जल्लाद गले का फंदा तैयार कर रहे हैं। सर्वधर्म के पुजारी, पादरी और मौलवी एकत्रित हैं। ईश्वर का नाम लो। आत्मा तो परमात्मा का अंश है।

जज पूछता है दारा सिंह से, "आपकी कोई आखिरी इच्छा हो तो बताइए।"

दारा सिंह बोला, "जी," जज दारा सिंह की आखिरी इच्छा को पूरी करने का कोई वायदा करता है।

"लास्ट विश ग्रांटेड।"

जेल के बाहर उसकी पत्नी और बच्चे रो रहे हैं। पत्नी सिसक-सिसककर आँसू बहा रही है, "अब मुझ बेसहारा को कौन सहारा देगा ? मेरा जीवन शून्य हो गया। मैं बरबाद हो जाऊँगी, नाथ! आप मुझे छोड़कर न जाओ।"

दारा सिंह की लाश फंदे में झूल गई।

□

संघर्ष

मैं क्या लिख रही हूँ और क्यों, शायद इसका मुझको ज्ञान नहीं है। कभी-कभी वक्त ऐसा आता है कि इनसान हतप्रभ रह जाता है। नाटक का पटाक्षेप इतना जल्दी होता है, इसका अनुभव कभी इतनी अचानक और अकिंचित होता कि समस्त चक्षु सिर्फ हृदय पर केंद्रित हो सोच को विराम दे थरथराने लगते हैं। फिर यह घटना थी भी ऐसी। नरेन मामा ने खुदखुशी कर ली थी। उस दिन शाम से ही कुत्तों के रोने का समवेत स्वर सुनाई पड़ रहा था। शायद जानवरों की मौन संवेदनाएँ इनसानों की तकलीफ बहुत पहले ही समझ लेती हैं। एक अच्छा-भला इनसान भला क्यों अपनी इहलीला समाप्त कर लेगा, इसका अनुभव भी कर पाना असहनीय है। जब हम सुख से अपने घरों में बैठे होते हैं तो किसी की घुटन को महसूस कर पाना असंभव ही है। जीवन की भेंट को इतनी आसानी से खत्म कर देना एक असाधारण कदम है।

कोई क्यों कर लेता है ऐसा?

मौत शाश्वत है और एक हकीकत।

पंखे से लाश लटकी हुई थी। गला एक तरफ लुढ़क गया था, पैर जमीन से थोड़ा ऊपर हवा में झूल रहे थे। पास ही मेज पर पन्ने फड़फड़ा रहे थे, दस पन्ने। और पूरी जिंदगी की कहानी, उससे जुड़ी अपेक्षाएँ, आकांक्षाएँ, संघर्ष, असफलताओं की एक छोटी दास्तान। तमाम जिंदगी जैसे कुछ पन्नों और थोड़े से शब्दों में सिमटकर रह गई थी। जिंदगी का अस्तित्व कागज के पन्नों में फड़फड़ा रहा था। शायद वह भी जिंदगी की तरह हवा में उड़ जाना चाहता

है अब कुछ शेष रहा नहीं। शेष रह गईं वह कुछ जिंदगियाँ जो उनसे जुड़ी थीं। शेष रह गए उनके संघर्ष। शेष रह गईं तमाम यादें।

उम्र कोई ज्यादा नहीं रही होगी। यही कोई चालीस-पैंतालीस साल। दुबला-पतला जीर्णकाय शरीर जो कभी हट्टा-कट्टा रहा होगा। उड़े-उड़े बाल पर चेहरे पर अपूर्व शांति। वहीं शांति जिसकी तलाश में पूरी उम्र गुजर गई। तमाम उम्र गुजार दी पर मिली न खुशी। अब जब मिली तो उम्र से वास्ता ही न रहा।

आज से करीब पंद्रह-सोलह साल पहले उनकी शादी संगीता नाम की लड़की से हुई थी। लड़की थी बेहद सुंदर। छोटी उम्र, सुंदर रूप-रंग और अच्छे पैसेवाले घर में शादी ने उसके दिमाग को उछाल दिया। सास की इकलौती बहू होने के कारण सास ने धरती पर उसके मानो पैर ही पड़ने नहीं दिए। मायके में संगीता के कुछ खास न था, अत: यहाँ का पैसा उसको लुभाता। उसके पिता को पैरालिसिस था, अत: उन्होंने पूरी जिंदगी ही खाट पर काट दी। कभी भी पैसा असीम नहीं हुआ। जब आकांक्षाएँ असीमित होने लगती हैं तो धन की अपनी सीमाएँ बँध जाती हैं और फिर उसका क्षय होने लगता है। धन सिर्फ दान या भोग के लिए ही निमित्त है। अगर उसका संचय होता तो वह नष्ट होने लगता है इसलिए धन का सदुपयोग होना चाहिए। पर नरेन मामा के पिता ने अति की कंजूसी की, अपने नाते-रिश्तेदारों को काटकर पैसा एकत्रित किया कि वह उसके एकमात्र पुत्र के लिए पर्याप्त होगा। वह उसके लिए इतना छोड़ जाना चाहते थे कि सात पुश्तें उसका उपभोग कर सकें। पर लक्ष्मी तो ठहरी चंचला, कब किसी के पास स्थिर हुई है। बड़े-बड़े राजघराने चौपट हो गए और महल-असबाब आज या तो धूल चाट रहे हैं या फिर भूतहा बंगला बने उनमें चमगादड़ लोट रहे हैं। राजे-महाराजे तो मिट गए फिर छोटे-मोटे आदमी की क्या बिसात।

भीड़ बढ़ती जा रही थी, जो सुनता एक बार तो हतप्रभ हो जाता। इतनी बड़ी घटना, खानदान में कभी नहीं हुई थी। फिर सबकी आँखों के सामने उनका चेहरा और बिताए हुए क्षण घूम जाते। कोई न कोई याद मीठी या

खट्टी जेहन में जुड़ जाती और मन को कचोटती।

सुबह करीब बारह बजे वह घर से निकले थे। बोल के निकले कि मैं इनकम टैक्स ऑफिस जा रहा हूँ, देर हो जाएगी, परेशान न होना। रोजगारी आदमी को सेल्स टैक्स, इनकम टैक्स से तो बराबर सामना करना पड़ता ही है। घर में किसी को संदेह न हुआ। फिर जैसे कोई लंबी यात्रा के पहले की तैयारी से निकलते हैं, वैसे ही वह भी बकायदा जूते मोजे पहनकर बढ़िया शर्ट-पैंट चढ़ाकर अपनी लंबी यात्रा की तैयारी के लिए निकले। यात्रा लंबी थी उस लिहाजन तैयारी काफी न थी पर उस यात्रा का अंत निश्चित था। न कोई पड़ाव, न कोई ऊबड़-खाबड़ रास्ते, न प्राकृतिक दृश्य, न बच्चों का खेलना-खिलखिलाना, युवतियों का इठलाना-मचलना, सिर्फ एक मंजिल एक सीधा-सरल मार्ग, एक अपूर्व शांति।

उनका नाम नरेन था, अपने माँ-बाप की इकलौती संतान। बचपन से लाड़-दुलार से पले-बढ़े थे। पिता के पास पैसे की कमी न थी। संयुक्त परिवार था, अतः पूरा दिन ऊधम, धमाचौकड़ी में निकल जाता था। माँ चूँकि रईस परिवार से आई थीं, अतः काम में उनका अधिक मन लगता न था। वैसे भी संयुक्त परिवार में उसी बहू की इज्जत है जिसका मायका मजबूत है। अपने मायके के बल पर वह ससुराल में राज करती है। बड़े बाप की बेटी होने के कारण उनसे कोई ज्यादा काम-काज भी नहीं होता था। पुत्र की परवरिश भी जैसे उनके ऊपर बोझ थी। जब उम्र अच्छी शिक्षा देने की थी तो माँ अपना वक्त त्रिया-चरित्र में बिताती थी। बेटा हाथ से निकलता गया। पढ़ने के वक्त वह मटरगश्ती करता था। बेटा इस तरीके से हाथों से निकलेगा यह बात जब माँ को नाकाफी लगी तो उसने शुरू किया उसका सबसे कम मिलना जुलना। घर वालों के खिलाफ भड़काना शुरू किया जिससे उसका बालमन ऊँचे उठने के बदले संकीर्णताओं और पारिवारिक कलह में लग गया। और नरेन वास्तव में एक अयोग्य नरेन होकर रह गया।

"अरे यह सब कैसा हुआ ?"

"बात कब की है ?"

बाहर परिचितों की भीड़ बढ़ गई थी। सहूलियत से लाश को नीचे उतारा गया। उन्होंने अपने अच्छे कपड़े एक तरफ रख दिए थे, घड़ी और अँगूठी तो वह सहूलियत से घर पर ही रख आए थे। शायद अंदेशा था कि कहीं घर वालों से पहले किसी और की निगाह उन पर पड़ गई तो वह ले सकता है। लोगों का क्या, अगर उनका बस चले तो वह मुर्दों को भी बेच खाएँ। दुकान में वह बारह सवा बारह बजे दिन में पहुँच गए थे। पर जान देने की उन्होंने ग्यारह बजे रात को ठानी क्योंकि जब लाश पुलिस को मिली तो वह 10-12 घंटे पुरानी थी। पुलिस का क्या, उसके लिए तो बस एक ठूँठ का ढेर था पर घर वालों के लिए कोई अपना। बेहद करीबी, प्यारा और अजीज। बारह बजे दिन से वह अपनी दुकान में बैठे रहे और तब कहीं जाकर 11 बजे रात में आत्महत्या की है। मरता हुआ आदमी भी मौत से बचना चाहता है। फिर उस आदमी के अंदर मौत को आत्मसात् करने की इतनी व्यग्रता, इतना जुनून कि उसने बहुत ठहरकर उसको गले से लगाया। मौत से नरेन को कितना प्यार था, या फिर जिंदगी से नफरत उफ्! आखिरी साँसें गिनता हुआ आदमी भी एक छोटी-सी जिंदगी की उम्मीद करता है। नरेन तो जीवन का मोह ही त्याग बैठा था और यहाँ बैठकर वह सिर्फ और सिर्फ मौत का इंतजार करता रहा और नफरत आखिर वह सब रिश्तों, भावनाओं, संवेदनाओं के ऊपर भारी पड़ी। वह रात को फाँसी लगाकर झूल गया।

उफ्! कितनी पीड़ा और जिंदगी से घोर घृणा। उस घृणा ने मौत की फतह कर दी। मरने से पहले वह दस पन्नों की चिट्ठी लिख गए, जिसको पुलिस ने अपने कब्जे में ले लिया। उन चिट्ठियों में जिंदगी का दर्द और हताशा सिमटकर आ गई थी।

"मैं खुदकुशी अपनी इच्छा से कर रहा हूँ। इसके लिए कोई भी जिम्मेदार नहीं है। मेरे परिवार को परेशान न किया जाए।"

एक चिट्ठी सास के नाम-

"मैं आपकी बेटी को सँभाल नहीं पाया।"

एक चिट्ठी कर्जदारों के नाम-

"जिस तरह से मेरी जिंदगी बरबाद की है वैसे फिर कभी आइंदा किसी की न करना।"

एक चिट्ठी बच्चों के नाम–

"मैं हार गया। मैं तुम्हें संतुष्टि न दे पाया। तुम्हारे लिए इस जिंदगी में कुछ नहीं कर पाया। मैं तुम्हारा दोषी हूँ। मुझे माफ करना।"

एक चिट्ठी पत्नी के नाम–

"आर्थिक तंगी से तंग आ, घरेलू कलह से परेशान हो मैं यह कदम उठा रहा हूँ। मैं आत्महत्या कर रहा हूँ। मैं तुम्हारी जिंदगी से जा रहा हूँ। अब तुम आजाद हो हमेशा–हमेशा के लिए।"

दशहरे का दिन था। नरेन के लिए संगीता को घर वालों ने पसंद किया था। बेहद सुंदर और स्मार्ट। पर एक तरह से बेमेल और इच्छाओं के अनुरूप नहीं, ठीक विपरीत स्वभाव। जैसा कि पहले भी कथानक बोल चुका है, एक अपरिपक्व बुद्धि जिसको उछालना और बरगला लेना बेहद आसान था। उसी दिन संयोग से उसका जन्मदिन पड़ता था। सास–ससुर ने काफी व्यापक पैमाने पर आयोजन किया था।

"अरे बहू का रूप तो देखो। नरेन के लिए ईद का चाँद ढूँढ़कर लाई है।"

"हाँ लड़की भी तो जेवरों से लदी राजरानी लग रही है, जैसा रूप वैसा भाग्य है।"

"क्या किस्मत पाई है। लगता है ईश्वर ने सब–कुछ देकर संगीता को भेजा है।"

लोग घृणा मिश्रित ईर्ष्या से भाग्य और रूप का बखान करते गए, वह हर बखान पर घमंड की एक–एक सीढ़ी चढ़ती गई। नरेन उसके समक्ष गौण हो गया और गौण हो गया उसका भाग्य। सास भी नाते–रिश्तेदारों को उलाहने दे रही थी–

"अरे सब लोग मेरी बहू का करो।"

जब भाग्य मुस्कुराता है तो यह भूल जाते हैं कि जिंदगी का चक्र अनवरत

चलता रहता है। सुख और दु:ख, खुशी और गम तो आते-जाते हैं। जैसे रात के बाद दिन और दिन के बाद रात होती है वैसे ही यह तुच्छ जीवन है। जो खेल खेलता है, वह तो ऊपर बैठा ईश्वर, सृष्टा और कर्त्ता बन एक जीवन का तमाशा देखता रहता है। कब कौन अभागा और कौन भाग्यशाली इसको समझना न केवल विचित्र है अपितु छुपा हुआ भी है।

वह गर्वित नारी रूप और धन के अहंकार में राजरानी की पदवी पर आसीन भूल गई कि नीचे एक वास्तविकता की जमीन भी है जो कठोर है और जब इनसान हवा में उड़ता है तो हवा निकल जाने के बाद औंधे मुँह जमीन पर गिरता है। जब कठोर धरातल पर मनुष्य के कदम होते हैं तो अगर ठोकर भी लगती है तो वह सँभल जाता है और अगला कदम सोचकर उठाता है। गर्वित नारी कहीं भी पाताल की पहली सीढ़ी होती है। और जिस नारी को रूप का घमंड हो उसकी तो जिंदगी में पुरुषों द्वारा भोग्या बनने में वक्त नहीं लगता। अपने मुँहबोले देवरों के मीठे संभाषणों ने उसके अंदर उच्छृंखल नारीत्व का पोषण कर दिया। और इसी में उसके संपर्क में एक देवर आया नीरज, जो भाभी की चाटुकारिता में अपना वक्त व्यतीत करता था।

पुलिस आ गई थी। लाश को नीचे उतारा जा रहा था। अभी तो पोस्टमार्टम होना चाहिए। वास्तव में हर जिंदगी का एक पोस्टमार्टम होना चाहिए। क्यों उसके साथ ऐसा घटित होता गया। क्योंकि जैसे रिपोर्ट हमें यह अवगत कराती है कि इस बेजान लाश के साथ क्या कुछ किया गया होगा वैसे ही हर लाश उस बीती हुई जिंदगी के सही और गलत कार्यों के निर्णयों को भी बताती है। कभी-कभी जिंदगी का कोई निर्णय हमें सफलता के कगार पर पहुँचा देता है और कोई असफलता की गहन और घोर निराशा के भँवर में, जिससे निकलने का कोई भी रास्ता नहीं सूझता। जिंदगियों को क्षत-विक्षत करने से उससे उपजे अनुभव हमें ज्ञानी न सही पर सीख तो आवश्यक दे सकते हैं और किसी दूसरे इनसान की जिंदगी सँभल सकती है। जिंदगी न्यूटन के सिद्धांत पर बीतती है कि हमारे हर कर्म का एक प्रतिफल होता है जो जिंदगियों की धारा को बदल देता है।

शादी के साल के अंदर संगीता को पुत्र हो गया और अब तो जैसे उसके भाग्य की खूबसूरती पर भी ठप्पा लग गया।

"अरे बहू ने आते ही आते पुत्र को जनम दिया।"

"क्या कहा जाए कितनी भाग्यशाली बहू है।"

"इस बुढ़ापे में इंदिरा के तो भाग्य खुल गए।"

"अरे संगीता अब झटपट दूसरा भी कर लो।"

"नहीं मामीजी।" संगीता ने अहंकारवश कहा, "दूसरा कम से कम लड़का तो नहीं चाहिए, दूसरी बेटी हो तो ठीक। दो बेटे होंगे तो संपत्ति का बँटवारा हो जाएगा।"

"अब बच्चा तो ईश्वर की देन है, देखो क्या लिखा है किस्मत में। जीवन और मरण तो ऊपर वाले के हाथ में है, पर मेरे लिहाज से दो हो जाते तो परिवार में रौनक लगती। फिर नरेन तो इकलौता है। दो होने से उसको व्यापार में दो मददगार हाथ मिल जाएँगे।"

होता वही है जो राम रचि राखा। उसने एक सुंदर-सी बेटी को जन्म दिया। इस बीच में संगीता के श्वसुर का देहांत हार्ट अटैक से हो गया था। अपनी बहू के चाल-चलन उनको पसंद नहीं आते थे। पर बहू को इस हद तक बढ़ावा दे दिया था कि अब पीछे हटना भी ठीक नहीं था। बेटे का भविष्य और बहू का व्यवहार उन्हें अंदर ही अंदर कचोट जाता था। यही गम उन्होंने दिल से लिया और दिल का रोग उनके जीवन को लील गया। नरेन की माँ पति की मृत्यु के सदमे को बर्दाश्त न कर पाईं। वह बीमार रहने लगीं, उनका स्वास्थ्य भी गिरता चला गया।

"अरे कितनी देर लगेगी। रिपोर्ट मिल जाए तो क्रियाकर्म करें।"

"सही बात है। शायद मौत रात के करीब 11 बजे के आसपास हुई।"

"हाँ समझ में नहीं आता कि क्या से क्या हो गया। अरे 11 बजे तक मौत को गले लगा पाना कोई छोटी-मोटी बात नहीं है। कितनी यंत्रणा सही होगी। अपनों को हमेशा के लिए छोड़ने का मोहत्याग, जिंदगी में उपजी गहन निराशा। अरे बड़ा जिगर वाला ही कर सकता था।"

"अरे कुछ नहीं तो कम से कम अपने बच्चों का ख्याल करना चाहिए था।"

"अरे कभी हमसे बैठकर अपनी समस्याएँ बतानी चाहिए थीं। कोई न कोई हल निकलता।"

"हाँ थोड़ी-बहुत सुगबुगाहट थी कि आर्थिक तंगी है पर इतनी विकट समस्या होगी यह नहीं सोचा था।"

"हाँ यार, इनसान क्या सोचता है कि क्या हो जाता है। देखो न, चाचाजी ने शायद कभी सोचा भी न होगा कि वारिश इतनी कम उम्र में मर जाएगा।"

"हाँ, क्या उसने एक मिनट भी मरने के पहले किसी के विषय में नहीं सोचा।"

"शायद स्वार्थी था।"

जितने मुँह उतनी बातें। उसी समय पुलिस आकर उसकी चिट्ठियाँ माँगती है। उनमें से नीरज की लिखी हुई चिट्‌ठी नाते-रिश्तेदार हटा देते हैं कि नाहक उसको पुलिस परेशान करेगी।

शायद संगीता को पिछले एक साल से कुछ-कुछ आभास था कि नरेन ये कर लेगा। होता भी क्यों न! वह बार-बार आत्महत्या की धमकी देता था। सास को गुजरे भी एक अरसा हो गया। सर पर हाथ रखने वाला कोई न था। छोटी उम्र थी और पति से उसको कोई विशेष लगाव न था। वह समझती थी कि वह रूप के बल पर इस घर में आई है नहीं तो नरेन की औकात ही क्या कि वह उस जैसी अप्सरा को पा जाता। इसी के कारण वह नरेन की अवहेलना करती थी। नरेन भी अपनी पत्नी को बेहद चाहता था। लोग जब कहते कि देखो लंगूर को हूर, तो थोड़ा दुःखी होने के साथ-साथ वह भाग्य पर इठलाता। पूरे खानदान में उसकी बीवी से ज्यादा सुंदर कोई नहीं था और वह उसको भाग्य मानता था। यही भाग्य उसका दुर्भाग्य बन गया।

अच्छे वक्त में ईश्वर इनसान को सब तरफ से देता है और इतना देता है कि वह समेटना चाहकर भी अपने अच्छे भाग्य को सहेज नहीं पाता। उसको यह अच्छा भाग्य अपने गुणों और पुण्य-प्रताप का नतीजा प्रतीत होता है।

तब वह औरों के दुर्भाय की जम के व्याख्या करता है। उनकी मदद करने की अपेक्षा उनका मजाक उड़ाता है। अगर वह अच्छे वक्त को ईश्वर की कृपा माने और दुःखी की सेवा करे तो जिंदगी का संतुलन ज्यादा सही होगा। उसकी तकलीफ में भी कोई आकर मदद करेगा। क्योंकि गीता में कहा गया है कि ईश्वर ही स्वयं भोक्ता है और स्रष्टा है। और अपने हर पात्र की तकलीफ में शायद वह कहीं-न-कहीं दुःखी हो रहा होता है। ईश्वर की अनंत कृपा होती है, हम मूर्ख उसको अनुभव ही नहीं कर पाते और जो कुछ हमारे पास नहीं होता उसके लिए दुःखी होते हैं और उस सुख को भूल जाते हैं जो हमारे पास विद्यमान है।

संगीता के साथ भी ऐसा ही कुछ हुआ होगा। गरीब परिवार से आकर वह यहाँ ऐश्वर्य को न भोग पाई। जो जिंदगी उसको नहीं मिली थी, उसकी तड़प उसे उस मार्ग की ओर प्रेरित कर ले गई, जहाँ वह रूप का सदुपयोग सही तरीके से न कर पाई।

उसको लगा कि जिंदगी में उसके पास अथाह धन-संपत्ति है पर अथाह तो किसी के पास नहीं होता। आमदनी से अधिक जब खर्चे बढ़ जाते हैं तो मुश्किल होने लगती है। आदमी अपना संचित धन खाने लगता है। यही कुछ इस दंपती के साथ हुआ। जीवन शैली ऐसी अपना ली जिसको पूरा करने के लिए धन नाकाफी हो गया। इस कारण व्यापार में भी स्थिरता न आ पाई। जब एक बार पैर उखड़ने लगता है तो फिर उसको सँभाल पाना मुश्किल होता है, वही हुआ। रोजगार पर से ध्यान हटा तो वह मंदा चलने लगा। गलत वक्त में गलत लोगों का साथ मिल जाता है। नीरज संगीता के रूप-लावण्य से चिढ़ता था। उसको वह अपना नहीं बना पाया। लिहाजा उसको तबाह करने पर वह उतारू हो गया।

नीरज के पिता का देहांत जब वह कक्षा दस में था, तभी हो गया था। नीरज भी अपने पिता का इकलौता पुत्र था। उसकी तीन बहनें थीं। पिता अथाह संपत्ति छोड़ गए थे। अपने पिता की मौत से उस लड़के का जी काफी कड़ा हो गया। फैली हुई संपत्ति को सँभालना और व्यापार आगे बढ़ाने का हुनर

वह सीख गया। वैसे भी विकट परिस्थिति अल्पायु में पड़ती है तो इनसान को जिंदगी जीने की कला सिखा देती है। यही कुछ इसके साथ हुआ। वह कुछ अनुभवी हो गया। अपनी बहनों का अच्छे घरों में विवाह कर और व्यापार को आगे बढ़ाकर एक कामयाब इनसान के रूप में परिवार में स्थापित हो गया। उसने जिंदगी को गंभीरता से लिया, लिहाजन जिंदगी ने उसको गंभीरता से लिया। नरेन सतही होकर रह गया। बचपन में माँ-बाप और जवानी में बीवी के हाथ की कठपुतली मात्र बनकर रह गया। और इस कठपुतली की डोर संगीता के पास थी जो नीरज के प्रति हल्का-सा आसक्त थी, क्योंकि वह प्रगतिशील युवक था। और उसकी प्रगति इनकी जिंदगी में बाधक हो गई। वह कर्जों में इनको डुबोता गया और इसका नफा नीरज को हुआ और नुकसान नरेन का। नरेन जिंदगी का सौदा बुरी तरह हार गया। और इस संग्राम में पीठ दिखाकर भाग गया।

नरेन ने मरते हुए लिखा कि मेरी लाश न जलाई जाए। सीधे विद्युत् शवगृह में अंतिम संस्कार किया जाए।

"अरे ऐसा कैसे हो सकता है। घर चलकर उसकी लाश को एक बार बीवी-बच्चों को दिखा देते हैं, उन्हें आत्मिक शांति मिलेगी।"

"सही बात है। अंतिम वक्त में उन्हें एक दिलासा हो जाएगी।"

और नरेन की इच्छा का सम्मान न करते हुए लोग कुछ देर के लिए उसे घर ले आए।

संगीता तड़पकर रो रही थी। उसके हाथ से सब-कुछ निकल गया था। जिंदगी में कुछ पाने की खुशी क्षणिक होती है पर जिंदगी में जितना मिला है उसके खोने का दुःख असीम। संन्यासी शायद इसलिए इतना बेफिक्र घूम लेता है, क्योंकि उसके पास सांसारिक वस्तु ही क्या जिसको खोने का भय सताएगा। वह तो परमानंद की स्थिति में घूमता रहता है। गृहस्थ अपनों की मृत्यु उपरांत जीवन का मोल समझ पाता है।

"अरे अगर इनसान सलामत रहता तो सौ नियामतें हैं। जब पाला-पोसा इनसान चला गया तो बचा ही क्या।"

आज संगीता समझ पाई कि जिंदगी के समस्त रंग पति से हैं। पति का अर्थ जीवनसाथी है। चाहे जैसा भी था, था तो पति ही। आज उसकी अर्थी पर रोते हुए वह अपने बीते हुए वक्त की गलतियों का स्मरण कर रही थी। शायद वह जिंदगी को लेकर इतना हाय-तौबा न करती तो इतना कुछ जल्दी न होता। उसकी आकांक्षाएँ असीमित थीं और जिंदगी की परिधि सीमित। उसमें उनको पूरा कर पाना शायद असंभव ही था। शीशे के सामने रंगहीन श्वेत वस्त्रों में उसको अपने जीवन का सार समझ में आया। जीवन कितना बहुमूल्य और ख्वाहिशें कितनी गौण।

काश उसने पति को समझाने का प्रयत्न किया होता, बात-बेबात झगड़ा न किया होता तो उसकी जिंदगी की दिशा ही कुछ और होती। दु:ख अभिव्यक्त करने आया समाज, सबके सब जा चुके थे, कोरी संवेदनाएँ थीं, जो बची रह गई थीं उसके पास। लोग शायद सब-कुछ भूलकर फिर से जीवन में लग गए होंगे। कुछ दिन बीतते-बीतते लोग उसको भी पूरी तरह से भुला देंगे। दूसरे कमरे में बेटी पलंग पर बैठकर खाँस रही थी। उसको दमा हो गया था। माता-पिता की कलह ने बच्चों के स्वास्थ्य को प्रभावित करना शुरू कर दिया था। बेटा शायद इस सदमे से उभरने का प्रयत्न कर रहा था।

नरेन इस दुनिया से जाने के बाद भी हताश था। कहते हैं कि मरने के समय आत्मा का ध्यान जिनमें अटका रहता है तो आत्मा मृत्युपरांत उन्हीं में भटकती रहती है। और उसकी आत्मा बच्चों की दुर्दशा पर कचोट रही थी।

उस पूरा दिन वह अपनी दुकान में बैठा विवेचना करता रहा। जिंदगी और मौत के द्वंद्व में झूलता रहा। कभी जिंदगी के मूल्य मौत पर हावी हो जाते कभी मौत सारी समस्याओं के एकमात्र विकल्प के रूप में प्रस्तुत हो जाती। काल जैसे उसके सर पर तांडव कर रहा था। उसको जिंदगी के समीप जाने नहीं दे रहा था। उसके माता-पिता दूसरी दुनिया में उसको बुला रहे थे। इस लोक में बच्चे पीछे रो-गा रहे थे।

न, ही अपने बच्चों को कुछ दे पाया। वह उनका सामना नहीं कर पा रहा था। एकबारगी उसको लगा कि उसका परिवार उसको बचाने के लिए अवश्य

आएगा। वह उस कमरे में बैठ उनका इंतजार करता रहा। फिर निराशाओं का दौर शुरू हो गया। जिंदगी और समस्त दुःख उसके सम्मुख एक चुनौती बनकर खड़े हो गए। वह अब अकेले इसका मुकाबला नहीं कर सकता। एक समझदार पत्नी शायद उसको सँभाल ले जाती। पर···नहीं, अब कुछ नहीं हो सकता था। सब-कुछ चला गया। एक तरफ पत्नी रूठी रहती थी तो दूसरी तरफ बच्चों की आँखों में सूनापन, पीड़ा छाई रहती थी। पत्नी का जब पहला जेवर उसने गिरवी रखा था तब उफ् कितनी पीड़ा···नहीं अब और नहीं··· वह हार गया है···पूर्णता···बस···सामने मौत थी पर पीछे ···एक बेकार-सी लचर-पचर जिंदगी जिसका वह सामना नहीं कर सकता। वह सोना चाहता है···सामने उसकी माँ आ गई। हाथ बढ़ाकर उसको बुला रही थी, "आ जा बेटा···मेरे पास आ···मैं तेरा सहारा हूँ···भूल जा सब-कुछ···आ जा। तू कैसे बचपन में जब हार जाता था तो मेरी गोद में सर छुपाकर पनाह लेता था। अब तुझे क्या हुआ! काफी बड़ा हो गया है रे। आ मेरे बच्चे आ··· ।"

नरेन वहाँ देखता रहा। माँ की आँखों में वात्सल्य था। हाँ, माँ का सहारा ही तो वह खोज रहा था। पर एक क्षण को बीवी और बच्चों का चेहरा उसकी आँखों के सामने से घूम गया। बीवी तीन दिन से नाराज थी। उसने खाना नहीं बनाया था। बच्चे तो अगल-बगल खाकर निश्चिंत हो गए थे पर वह···उसको भूख कसकर लगने लगी···जी घबराने लगा। अब तो भूखे रहने की आदत हो गई थी। 'माँ मैं आ रहा हूँ, मुझे हलवा पूरी बनाकर खिलाओगी ना।' और वह फाँसी पर लटक गया।

बाहर आकाश में लालिमा फैलने लगी थी। सूरज ने कब अपनी गति बदली है। सृष्टि तो चलती रहती है। चिड़ियाँ चीं···चीं···कर उड़ रही थीं। सब लोग नरेन के कमरे में संगीता को घेरे बैठे थे। नरेन को गए महीना हो गया था। नाते-रिश्तेदार संगीता और बच्चों के भविष्य की चिंता कर रहे थे। कैसे उनका गुजर-बसर होगा, इस पर सब विचार कर रहे थे।

"जाने वाला तो चला गया।"

"हाँ जो होना था सो हो गया।"

"जैसी ईश्वर की इच्छा।"

वक्त थमता नहीं है। जिंदगी रुकती नहीं है। जो चला गया, वह कल बन गया। जो जीवित है, वर्तमान में सब उसी की चिंता करते हैं। जो मर गया वह तर गया।

संगीता अपने बच्चों के साथ दुकान के बाहर खड़ी थी। नरेन की मौत के बाद आज पहला दिन था, जब वह अपनी दुकान आई है। शायद नयी शुरुआत। जीवन शायद कभी रुका नहीं है। यही सृष्टि का नियम है और दुकान के शटर खुल गए। संगीता ने अपने बच्चों के साथ उसमें अपनी जगह बना ली। कल जहाँ जनाजा था, आज एक नवीन शुरुआत थी।

□□□